Universale Economica

CW00595248

GIUSEPPE MONTESANO
DI QUESTA VITA MENZOGNERA

Feltrinelli

© Giangiacomo Feltrinelli Editore Milano
Prima edizione ne "I Narratori" aprile 2003
Prima edizione nell'"Universale Economica" giugno 2005

ISBN 88-07-81859-0

www.feltrinelli.it
Libri in uscita, interviste, reading,
commenti e percorsi di lettura.
Aggiornamenti quotidiani

Ma di questa vita menzognera
cancella l'untuoso rossetto
.   .   .   .   .   .

e anche non vedendo l'avvenire,
di' *no* ai giorni del presente.

BLOK

Quando cominciai a leggere l'annuncio di Cardano mi tremavano ancora le dita per la rabbia, ero bagnato fino all'osso dalla pioggia gelida e la voce di mia madre mi sbatteva in testa come una banda di ottoni.

"Un'altra volta? Gesù! Ma quali soldi? Io tengo solo un poco di pensione schifosa, e che ti posso dare? Se tu non sputavi sulla giacca del direttore, mo' un posto lo tenevi! Sì, va bbuo', rettore, direttore, è sempe 'a stessa cosa!... Ha detto che i paesi poveri sono colpevoli loro, se muoiono di fame? E tiene ragione! E poi quante volte ti ho detto che ti devi fare i fatti tuoi? Ma perché, tu si' nu paese povero? Ah, tu non vuoi portare la borsa a nessuno, e fare il ricercatore lecchino ti fa vomitare? E certo, se facevi pure tu economia e commercio, era un'altra cosa. Ti sei voluto prendere una laurea inutile, e adesso che vuoi? E poi Eduardo ti aveva offerto di lavorare nella sua agenzia, che ci stava di male? Quello tiene dieci filiali, andavi a dirigere la Edotravel a Sorrento, e risolvevi!... Ah, a te il turismo e le partite iva ti fanno schifo? Tuo fratello Eduardo è nu strunzo e tu non gli chiedi scusa nemmeno morto schiattato? E allora mangiati la dignità!"

Le frasi dell'annuncio mi ballavano davanti agli occhi, e non riuscivo a tenere fermo il giornale. "C'è ancora qualcuno che ami il sudario della Bellezza? Un giovane che non abbia più nulla da chiedere a questo mondo decrepito? Ho quarantatré anni, dieci più di Cristo quando fu crocifisso, e come lui non prometto ricchezze materiali. Io non offro la stupidità della conoscenza, ma l'ardore dell'oblio." Ma chi poteva scrivere ancora bellezza con la maiuscola?

"Ma come, secondo te io ti potrei imbrogliare, a te che sei il sangue mio? I quartini ai Camaldoli? Gesù, vedi questo che va a scavare! Tu pensi solo ai soldi, allora! Ma non dicevi che il possesso ti fa schifo, che le mani servono a dare? Tu sei diventato materialista, a mamma tua... E mo' perché fai così? Ti stai pure imparando a offendere! Non vuoi fare pace con la fidanzata di Eduardo? Senti a mamma, nun fà l'orgoglioso, ti conviene. Come, Matilde è una cretina? Ma se quella a ventitré anni tiene già lo studio di notaio a Posillipo! E che vuol dire che ce l'ha lasciato il padre... Matilde che è? È una fascista biologica? Gesù! E ora che sono queste parole grosse? Ma quella Matilde è così perbene, sta piena di soldi, tiene pure 'o loft a New York... Io? E che c'entro io adesso! Ho fatto morire di collera a tuo padre? Io che l'ho curato come un re? Guarda a mamma, Roberto, guarda a chi te vo' bene! Allora secondo te io sono bugiarda? Io farei male al sangue mio?"

L'annuncio chiedeva qualcuno disposto a lasciarsi alle spalle il mondo della volgarità, la melma conformista del presente. "Chiudere gli occhi sul mondo infame del brutto vuol dire spalancarli sulla vita vera. Godere i giorni che passano è una scienza, l'esercizio dei cinque sensi esige una sua particolare iniziazione, e quello che ci serve è il sogno infinito dell'arte. C'è ancora qualcuno che non si sia arreso alla ripugnante imbecillità del buonsenso e della maturità? Bene, costui sappia che essere immaturi vuol dire essere perfetti." Cercavo di concentrarmi sulla lettura, volevo capire che cosa avrebbe dovuto fare esattamente il segretario di questo Cardano, ma non ci riuscivo.

"No, no e no! Non se ne parla proprio! Ma quali soldi

vuoi? Tu poi te li spendi in un mese, ti conosco, Robe', tu sei sguaiato, a te ti piace di fare il grande di Spagna... No? E la tua stanza? Mi hai inguaiato una stanza, Roberto! Chi ha scritto con la pittura rossa 'l'arte deve essere fatta da tutti non da uno solo' sul muro?... Ah, quella è una fase superata, come no, ora sei buddista! Ma qua' buddista? Tu sei solo un asociale! Non tieni più un amico, la ragazza ti ha lasciato, e certo! Ti doveva portare lei con la macchina, e dove mai si è visto? Ma di chi hai preso, io quello vorrei sapere... Ah, tu vai dall'avvocato! E che ti credi di fare? Me li sono venduti, i quartini, e pure la terra mi sono venduta! E c'ho detto a Eduardo di fare un investimento, così fruttano... Per la famiglia, è logico, per la famiglia! Sì, i soldi li ho messi sulla società di Eduardo, e allora? Quello il turismo è l'affare del futuro, io l'ho fatto per te... E che ti credevi, di spendere i soldi della famiglia per fare il raffinato? Fammi causa, mo', vai dall'avvocato! Con quella faccia a te l'usciere non ti apre nemmeno la porta!"

Poggiai il giornale sul tavolino perché avevo paura che il cameriere mi vedesse tremare, e non provai nemmeno a bere il caffè che ormai si era gelato. L'annuncio di Cardano finiva così: "Il mondo è freddo come un cadavere, niente cambierà mai, ma io troverò nell'amore per il superfluo la chiave universale per aprire la porta della prigione. Bussate, è stato detto, e vi sarà aperto". Seguiva sotto, più piccolo, il numero di telefono.

"E mo' che fai? Roberto, lascia stare il coltello, non scherzare... Ah, te fa schifo pure 'e m'accìrere? E allora mo' te lo dico, fetente 'e mmerda, te lo dico! Nun te voglio lassà niente! Ah, tu sputi addosso al rettore perché sei un uomo libero? E io ci intesto tutte le proprietà a Eduardo! Io ti faccio arrestare! Io ti faccio marcire a Poggioreale, in mezzo ai tuoi compagni! Te ne vai? E vattenne, va'... Ma devi chiedere scusa a Eduardo, ti devi mettere in ginocchio, o si no nun turnà cchiù! E che 'e studiato a ffà? Pe' sputà 'ncoppa 'a giacchetta di un uomo perbene che ti voleva dare il pane? Niente, non devi avere niente finché non fai l'uomo!... Ah, vuoi sapere che fine ha fatto la tua statuetta di Buddha? L'aggio vuttàto io, a chillu cesso 'e Buddha 'a coppa 'o comodino! Tu dici che sei vegetariano, che Buddha era nu grand'omme, che sapeva tutto? E allora fai come lui, digiuna, nun magnà! Poi vediamo, Robe', vediamo si 'o spirito te dà a campà!..."

Chiusi gli occhi per cancellare quella voce. L'annuncio diceva di chiamare a qualsiasi ora: "Dove comincia la vita là finisce il tempo". Ma perché non avevo imparato nessuno dei lavori che offrivano su quelle pagine? Avrei potuto fare il pizzaiolo qualificato, il capocameriere con ottime referenze, il programmatore esperto. E invece mi ero già alzato, avevo sollevato la cornetta e battendo i piedi sulla segatura per riscaldarmi stavo facendo il numero di Carlo Cardano.

Forse una settimana dopo, cominciai a rendermi conto che stavo perdendo la nozione del tempo. Era perché dormivamo di giorno e vivevamo di notte? Cardano aveva preteso che le finestre restassero chiuse per "scatenare il potere dell'immaginazione", e quando di notte o verso l'alba si aprivano perché l'aria era diventata irrespirabile, fuori si scorgevano solo alberi e scuro. Avevo attraversato la città nel tassì pagato da Cardano per arrivare nella villa di Capodimonte, e da allora non eravamo più usciti di casa. Ma ci trovavamo davvero a Capodimonte? Quando provavo a chiederglielo, Cardano scuoteva la testa e con la mano che reggeva la sigaretta disegnava per aria un complicato arabesco, calando poi le palpebre sugli occhi per dimostrarmi tutto il suo disgusto. Non mi aveva spiegato ancora abbastanza che un vero artista si sottrae alla schiavitù del tempo e dello spazio? Se lui mi aveva assunto, era solo per contraddirlo e spingerlo "dove non ci sono più strade segnate", ma forse aveva sopravvalutato le mie capacità di sfuggire alla tirannia delle convenzioni. Anch'io credevo come tutti gli ignoranti che dare forma a un'opera significasse scrivere libri?

"Un artista non fa niente! Lo vuoi capire o no? È questo, il suo vero lavoro."

Secondo lui io ero schiavo dell'illusione fatale della morale, e non avevo capito ancora che solo la menzogna è creativa. Sì, avevo compiuto un gesto nobile sputando sulla giacca della cultura venduta, ma non ero stato all'altezza della mia azione. E quando gli replicavo che mi ero fregato con le mie mani, che avevo un processo addosso per oltraggio e avevo pure perso tutti i miei soldi, Cardano diventava sprezzante.

"Non sei degno del tuo gesto, non capisci? La sua bellezza consiste proprio nella sua inutilità! L'estetica è superiore all'etica, Roberto! I sensi di colpa non esistono, e i rimorsi sono tradimenti!"

Ma ero ancora troppo pieno di convinzioni per capire. Lui invece non aveva più nessuna convinzione, era diventato un uomo libero. No, non potevano "liberarsi tutti", quella era un'altra delle stupide menzogne che mi tenevano prigioniero.

"Lo vedi? È per questo che sei rimasto così, non ti sei evoluto. A ventiquattro anni sembri un vecchio, ti metti a sbraitare che il mondo è una casa in fiamme da abbandonare, e non sai vivere."

Non sarei mai diventato un vero dandy come lui, perché ero troppo inquinato dalla morale. No, non si trattava affatto della mia incapacità costituzionale a essere elegante! Il dandismo era una condizione dello spirito, una rivolta contro il mondo borghese dell'utile, e non certo la stupida vanità che ormai qualunque arricchito poteva soddisfare. Certo, anche lui aveva avuto la sua epoca da elegantone, i talchi finissimi, le lavande inglesi, l'odore del cuoio, i gilet di cachemire e le cravatte su misura. Ma tutta quella "miserabile parata" era finita da tempo, ora lui era penetrato fino in fondo nei segreti dell'eleganza spirituale.

"Un dandy deve aspirare a essere sublime senza interruzione! Deve vivere e morire davanti a uno specchio! Hai capito, Roberto?"

Si alzava dal tappeto dove se ne stava affondato nei cuscini con un lento movimento sinuoso, svolgendo braccia e gambe come un serpente che si srotola, e andava indolente a guardarsi in uno degli specchi ovali che riempivano le pareti della stanza.

"Lo specchio è come l'artista, Roberto, non ha opinioni."

Mettendosi di sbieco occupava l'intero specchio con la sua immagine alta e corpulenta, passandosi le mani curatissime nei capelli che gli ricadevano lisci in due bande ai lati del viso.

"L'eleganza da sola è meno che una viltà, e io invece pratico il supremo eroismo, Roberto! Hai capito? In un mondo dove tutto è strangolato dalla necessità io esercito l'arte del superfluo, mi concedo il lusso supremo, l'ultimo rimasto al vero eroe! L'arte dell'inutile..."

Aveva ragione lui? O io ero stato un pazzo a rispondere a quell'annuncio? Ma non sarei tornato da mia madre, non avrei chiesto scusa a Eduardo e non mi sarei mai umiliato a fare il portaborse lecchino. Sprofondato nei cuscini di quella che Cardano definiva la sua "camera doppia", il frastuono nella mia testa sembrava quasi addormentarsi, e il passato si copriva di una nebbia che nascondeva tutto.

Cardano diceva di essersi occupato personalmente della camera doppia, trasformando in "arredamento interiore" i sogni degli uomini che avevano scritto *Eureka* e *I Paradisi artificiali*. Non era quello il dovere di un vero artista?

"Roberto, l'estetica è nient'altro che una fisiologia applicata! Lo capisci? L'arte è metamorfosi! E allora io modifico, e adatto."

Il risultato di questo adattamento era qualcosa che mi appariva a volte come un disordine assoluto. Nella stanza c'era sempre una penombra che costringeva a fissare a lungo qualsiasi cosa per riconoscerla. Cataste di libri si ammucchiavano dovunque, coperte dalla cenere che cadeva dai bruciaprofumi e dalle sigarette di Cardano. Le tende che nascondevano le finestre erano cremisi e argento, e arabeschi d'oro e argento ritornavano sul tappeto e sulla tappezzeria. Sospesa al soffitto c'era una lampada pompeiana colma di olio profumato, e alla sua luce vacillante tutta la camera sembrava un enorme catafalco. Ma quel crepuscolo continuo era reso più oscuro da una nube di incensi e oli essenziali che secondo Cardano dovevano acuire "fino a una lucida follia" le nostre facoltà mentali. E quando l'aria era impregnata di effluvi che stordivano, indugiando a lungo sulle parole e socchiudendo gli occhi, Cardano cominciava a leggere *La camera doppia*.

"Ascolta, Roberto, ascolta... 'Una camera che assomigli a un sogno sfrenato, una camera veramente spirituale. I mobili vi assumono forme dilatate, prostrate, languorose. Le stoffe parlano una lingua muta, e l'anima vi prende un lavacro d'ozio...' La riconosci, Roberto? La riconosci?"

A me quella stanza sembrava l'ammasso di un negozio di rigattiere, ma per non provocare altre discussioni, annuivo. Ormai cominciavo a pensare che *L'enciclopedia della dissipazione* di cui Cardano favoleggiava, fosse solo un cumulo di foglietti pieni di citazioni e appunti incomprensibili. Secondo Cardano la sua opera doveva essere una "secrezione naturale", come il muco che si trasforma in perla nell'ostrica, e bisognava lasciarla sviluppare con la necessaria lentezza. Invece col passare dei giorni cresceva in lui una strana inquietudine, si alzava per strappare i fogli da un calendario che aveva sul tavolo, ma poi andava a cercarli per rendersi conto di quanto tempo fosse passato. Raccattava con disgusto le pallottole di carta, le svolgeva fissandole a lungo e le ributtava a terra. E una sera, lasciandosi cadere pesantemente sui cuscini, si lasciò sfuggire che sua moglie sarebbe tornata presto.

"Tua moglie? Ma non avevi detto che il matrimonio è il piacere alla portata dei miserabili?"

Lo aveva detto, e allora? Le parole servivano per mentire, non certo per comunicare, e lui non faceva altro che assecodarle. Si era lasciato affascinare da "uno splendido felino" e lo aveva sposato, ma il matrimonio non lo intralciava per niente, e poi non aveva nessuna intenzione di giustificarsi con me.

Ma lo splendido felino cominciò a insinuarsi nei suoi discorsi fino a diventare un'ossessione, e Amalia Negromonte sembrava trasformarsi di giorno in giorno in un essere misterioso e terribile capace di qualsiasi cosa. Se cercavo di sapere qualcosa di più preciso, lui mi diceva che non intendeva rispondere a inquisizioni da poliziotto. Che cosa doveva spiegarmi? Sì, sua moglie era una Negromonte, e allora? L'erotismo non c'entrava niente con la morale! Certo, suo padre e i fratelli erano stati condannati più volte, ma dopo le revisioni dei processi avevano avuto risarcimenti miliardari. E poi dovevo finirla con le domande, perché non c'era mai niente di importante che si potesse spiegare, non lo avevo ancora capito? E come incantato, cominciava a recitare ad alta voce.

"... Io ti adoro, o mia terribile e frivola passione, con la devozione di un prete per il suo idolo. Ah! I filtri più possenti non valgono la tua pigrizia, e tu conosci la carezza che fa rivivere i morti..."

Cardano mi chiedeva in continuazione di contraddirlo, ma in realtà non sopportava nessuna vera contraddizione. Qualsiasi cosa obiettassi era sempre poco coraggiosa e asservita ai luoghi comuni. Lui aveva scelto per sé l'opposizione perpetua, e come poteva essere sfiorato dalle mie critiche bambinesche? Lasciava balenare di avere già vissuto infinite esistenze, ma era difficile capire se gli accenni che si lasciava sfuggire sulle sue vite passate fossero veri o immaginari. Secondo lui il passato era un'illusione, e il futuro nient'altro che una trappola. Era forse solo per "il dèmone fuggitivo degli attimi felici" che valeva la pena di vivere, e la bellezza era l'unica forma di oblio del male concessa agli uomini. E una sera che gli avevo chiesto perché si era chiuso in casa e non volesse uscire, Cardano scoppiò a ridere.

"E per andare dove? Dove!"

"Ma fuori, nella luce! A che serve restare chiusi come prigionieri in questa notte perenne? Sembriamo dei morti. La bellezza non deve servire a vivere?"

Cardano mi fissò tranquillo, e scosse la testa. Non era affatto così, mi sbagliavo completamente, e la bellezza stava solo dalla parte della notte e della fine. Tutto quello che lui amava era morto, decrepito, finito? Bene! Forse solo le rovine della bellezza sarebbero sopravvissute nel mondo di servi felici che si preparava.

"Ma ci deve essere qualcosa che non sia questo egoismo! E il bene? Gli artisti la vita la amavano!"

Ero saltato in piedi, quasi gridando. Ma Cardano rimase immobile, con un sorriso ironico sulla faccia. Il bene? Era una parola completamente priva di senso. Gli artisti amavano la vita? Gli artisti erano solo una massa di tarati, di maniaci, di dementi. Banditi nel pensiero, assassini troppo deboli per ammazzare nella realtà, sacerdoti che non credevano in niente se non nelle loro manie.

"Ma allora a che serve la tua cazzo di arte! Il mondo non è già abbastanza immorale, tarato, maniaco? Non dovremmo aspirare a qualcosa di meglio? A qualcosa di diverso..."

Non sapevo più che dire, mi sentivo soffocare, e tornai a sedermi. Mi ero preso la faccia tra le mani e mormorai: "E se fosse vero che un giorno saremo redenti e trasformati? Liberi davvero! In un nuovo mondo...".

"Sì! E che altro, Roberto? Ci sta solo questa merda di mondo, solo questo! E tutta l'arte è perfettamente inutile."

Cardano a un tratto si era incupito, e continuò.

"Se ci fosse un altro mondo in cui vivere! Ma nun ce sta, nun ce sta niente. Si può solo sognare, 'e capito, Robe'? Si può vivere solo nei sogni."

Ma che volevo? La verità! E a che cosa mi sarebbe servita?

"Devi morire, Roberto, questo è tutto. Ti fai vecchio, la pelle appassisce, non desideri più niente... Vuo' sulo murì! E a che serve allora la verità?"

Lo guardai avvolto nel fumo delle sigarette, e non risposi. Lui abbassò la voce, quasi a un sussurro.

"Se fosse vero!... È scritto nell'*Apocalisse*: 'A colui che resterà fedele fino alla fine darò la stella del mattino'... La stella di un nuovo mondo, di una vita trasformata..."

Scosse violentemente la testa, come per scacciare un pensiero molesto. Poi la faccia gli si indurì, e fece una smorfia. Ero ridicolo! Somigliavo come una goccia d'acqua ad Andrea, il fratello di sua moglie. Ma perché eravamo così sciocchi? Cambiare era una parola da cancellare da tutti i dizionari, perché faceva crescere solo la disperazione per tutto quello che si ripete uguale.

"La giovinezza è tutto. Ma non lo capite? Essere immaturi vuol dire essere perfetti."

Ma noi non lo potevamo ancora capire, e forse era proprio per questo che ci invidiava. A quel ragazzino lui aveva dedicato il suo tempo, lo aveva amato come un figlio, e con quali risultati? Quell'idiota di Andrea si era messo a girare l'Europa portandosi dietro il Vangelo! E che si credeva? Di essere un altro Gesù Cristo? Prima di partire quel demente gli aveva anche detto che forse saremmo stati giudicati sull'amore. Sì? E quando mai era esistito, l'amore! E anch'io, di che cosa andavo cianciando? Mi ero scopato qualche ragazzetta imbranata sui sedili di un'automobile, qualche quarantenne annoiata, e volevo parlare dell'amore! Cardano si fermò fissando con lo sguardo vuoto lo specchio, e come colto da un'improvvisa stanchezza si lasciò andare sul divano.

Ormai era stanco delle passioni che bruciano e mordono, il dèmone fuggitivo degli attimi felici era sempre più inafferrabile, e gli amori che promettono la vita vera lo annoiavano. Tutto era ripetizione al rallentatore di gesti che un tempo erano stati sogni ardenti, ma ora in bocca era rimasta solo la cenere. Quella che lui oggi desiderava era una voluttà calma, ma dove trovarla? Il mondo era in preda alla frenesia del fottere, lo leggeva negli occhi avidi e frettolosi degli uomini, negli stupori e nelle dolcezze tristi delle donne che non avevano ancora perso l'anima. Dov'era l'amore, l'amore sciocco e sublime? Era tardi, per la sua musica. Era rimasta appena la sferza umiliante del piacere, forse ancora la curiosità di guardare in faccia "l'impero familiare delle tenebre future", e nient'altro.

Ora Cardano si era alzato in piedi e girava nervosamente per la stanza. Ma che credevo? L'uscita dalla trappola era impossibile, e più si cercava di trovarla più si era ingoiati dal male. Se ci fosse stata un'uscita, anche solo un buco minuscolo nella rete, lui l'avrebbe trovato. No, in questa trappola c'erano solo sbarre e formaggio.

"E allora distruggiamo la trappola! Disobbediamo al mondo! È questo che vuoi, Roberto?"

Ma sì, anche lui molto tempo fa aveva creduto nella rivolta, e a che cosa era servita quella speranza? Ora i rivoluzionari che mandavano i ragazzini a spaccare le facce nei cortei predicavano l'amore per la terra, e i teorici della fine del lavoro correvano in televisione a spiegare che bisognava lavorare di più e guadagnare di meno. E io volevo ribellarmi! Ma non lo sapevo che i ribelli dopo i quarant'anni mandavano il nipotino a scuola dai preti, le mogli a lavorare nei giornali reazionari e il figlio ingegnere a prendersi il subappalto in nero?

"È finito tutto, ma perché non è mai cominciato. 'E capito, Robe'?"

Guardò nel vuoto e mormorò: "Una volta ebbi una giovinezza favolosa, eroica, innamorata". Poi scoppiò a ridere, facendo un gesto come per spazzare via qualcosa di fastidioso. Non ero stato mica a sentirlo? Quelli erano i suoi romanzi, nient'altro, e non dovevo prendere sul serio le sue fantasie. Pescò in una scatoletta una piccola noce di pasta verde cupo, e prese a masticarla. Si sdraiò di nuovo sui cuscini, e mentre chiudeva lentamente gli occhi, biascicò: "Solo i sogni sono veri".

Una sera eravamo immersi nel fumo delle sigarette all'oppio con gli occhi che mi bruciavano dilatati, quando Cardano nel prendere un libro fece cadere uno dei vasi in cui comparivano ogni giorno i fiori profumati che rendevano l'aria della stanza ancora più soffocante.

"Ah, il vaso di Sèvres si è rotto? Finalmente!" E con uno scatto prese a buttare a terra gli altri vasi, ridendo e gridando. "E mo' sai che faccio? Li rompo tutti quanti!"

"Ma sei diventato scemo?"

"Roberto, sono fasulli! I vasi di Sèvres? Ma qua' Sèvres e Sèvres! Questi sono fatti a Secondigliano..."

Volevo proprio sapere tutta la verità? In quella "fetente di stanza" non c'era niente di autentico.

"Quella mi lesina i soldi! Dice che tanto nessuno se ne accorge se la roba è vera o falsa. Overo? Però me ne accorgo io, io!"

Sua moglie era meschina, come la famiglia da cui veniva, e lo teneva a stecchetto. Le tende di seta? La tappezzeria di broccato? Le dorature neoclassiche intorno al tavolo di marmo rosa? Tutto era di seconda mano. Il lusso dei fiori ogni giorno? Ah, ma allora ero veramente un coglione!

"Chesta è munnezza! Nun siente 'a puzza 'e fràceto?"

Mi ficcò sotto il naso una calla pretendendo che la aspirassi profondamente. Quelli erano i fiori delle prime comunioni che i negozi ricompravano alla fine delle cerimonie, tenevano in fresco di notte e rivendevano al mattino per quattro soldi.

"E secondo te io come posso lavorare, così? Io devo scrivere un trattato sul lusso in mezzo a questa fetenzia comprata al mercato? La bellezza con questa puzza di cimitero? Io voglio rose, rose, rose!"

Si lasciò cadere sui cuscini e si accese un'altra sigaretta. Avvolto nel fumo e sbuffando con disprezzo a ogni parola, Cardano borbottò che lui aveva fatto una specie di patto con sua moglie. Molti anni prima, ma solo perché era "giovanissimo e coglione", aveva insegnato per qualche tempo all'università, ma la mediocrità di quei becchini di parole lo aveva disgustato. Quei miserabili non sopportavano che lui arrivasse con l'autista, che fosse penetrato nei "segreti della sintassi" e indossasse con supremo disprezzo flanelle impeccabili che facevano sembrare stracci di cucina i loro completucci fatti in serie. Né gli avevano mai perdonato la volta che a una conferenza su *La carne, la morte e il diavolo* si era presentato con una puttana creola, aveva detto che a lui della rivoluzione non gliene importava niente, e che la sola cosa per cui sarebbe stato disposto a morire era "la bellezza del gioiello rosa e nero". E comunque, quelle erano storie passate, ora la cosa importante era che lui aveva promesso a sua moglie di scrivere un libro che lo avrebbe fatto tornare in quella fogna dove "i ratti culturali" smerciavano la loro peste.

"'O libro? Ma qua' libro? Se lo può scordare! Tocca, tocca qua..."

Dovevo toccare la sua vestaglia sfregando il tessuto con i polpastrelli. Non capivo? Si alzò di nuovo e sollevò l'orlo della vestaglia scoprendosi fino alle mutande.

"Hai visto? Non è seta, Robe', non è seta!"

Quella ignorante arricchita sosteneva che la seta artificiale era buona lo stesso! Buona per che cosa? Per le zoccole come lei? E non avevo ancora toccato le mutande!

"Non è nemmeno filo di Scozia, Robe'! Cotone dozzinale a me? A Carlo Cardano?"

Secondo sua moglie cambiarsi la biancheria intima una volta al giorno, era già un lusso inaudito. Ma un vero dandy la biancheria la doveva cambiare almeno due volte al giorno!

"'O libro? 'O libro con un solo cambio di mutande? Se lo scorda! 'A bellezza cu nu paro 'e cazettini al giorno? Si fotte!"

Cardano scoppiò in una risata sprezzante. No, a quelle condizioni non poteva nemmeno pensarci, a fare l'artista! E poi a che scopo? Così quella fogna umana si sparava la posa con le amiche che teneva il marito importante? Non se ne parlava proprio. E che ne sapevo io di sua moglie! Cardano rise di nuovo, con uno strano singulto. Amalia era già stata sposata, e aveva due figli. Il divorzio? Ma quale divorzio! I mariti erano morti, quei due coglioni si erano fatti avvelenare.

"Sì, sì, è inutile che fai accussì! Avvelenati, è sicuro..."

E poi io non sapevo come era vendicativa, quella! Era andata in Valle d'Aosta a fare il mese bianco, ma aveva giurato che se per il suo ritorno Cardano non aveva scritto niente, lei lo metteva a fare il professore di inglese nella sua scuola privata.

"La sua scuola? Sua di chi, di tua moglie?"

Era della famiglia, come tutte le scuole private della città, e quella "cretina laureata" era stata messa dai fratelli a dirigere quella immondizia per analfabeti coi soldi. E lui doveva tradire la sua vocazione per questo?

"Che fa, un dandy? Dimmelo tu, Roberto! Non lo sai? Un dandy non fa niente..."

Cardano si era alzato e girava per la stanza, gesticolando e guardandosi in tutti gli specchi che incrociava. Amalia lo aveva affascinato con la sua voce roca di contralto, gli occhi privi di pensiero, il corpo possente e la capigliatura fulva da animale feroce. E la sua pelle? Ah, la pelle di quel vampiro osceno era davvero un sogno infinito! Carnosa come un fiore esotico, elettrizzante e profumata, capace di parlare "la lingua di altri mondi".

"Quella conosce la carezza che fa risorgere i morti, 'e capito, Robe'?"

E rabbrividiva, come sotto lo sfioramento di invisibili dita. Lui era forse l'unica persona capace di fronteggiare quell'essere perverso, quella insaziabile macchina di piacere, viziosa come tutta la sua famiglia di degenerati e assassini. Ma a un tratto si riscosse, fissandomi disgustato.

"Ma lo sai che ha fatto? Eh? 'O ssaie, Robe'?"

Si guardò attorno circospetto, con i grandi occhi rotondi dilatati dal fumo, poi sussurrò: "Ha ucciso Jeanne Duval!".

"Chi ha ucciso? Una già morta da secoli? Non dire idiozie..."

Ma che avevo capito? Jeanne Duval era la sua gatta prediletta, l'unica passione nobile della sua vita, e quella belva l'aveva avvelenata. Jeanne passeggiava nella sua vita come un fantasma benigno, Jeanne era cupa e morbida come i sogni, e quella zoccola l'aveva uccisa solo per fargli dispetto.

"Hai capito, chi è mia moglie? Hai capito mo' chi è Amalia Negromonte?"

No, Amalia era un essere inferiore, e proprio per questo non si poteva distruggere in nessun modo. Si prese la testa fra le mani e ripeté come una cantilena: "Jeanne, Jeanne, Jeanne". Poi si lasciò cadere di nuovo sui cuscini.

"'O benzoino, Robe', addó sta 'o benzoino? Buttalo nella lampada, famme scurdà 'stu munno 'e mmerda."

Mormorò ancora che anche la lampada pompeiana era fasulla, ma che quella schifosa di sua moglie avrebbe pagato tutto. Poi, nel profumo che si levò acuto in mezzo a tutti gli altri aromi, prese a salmodiare.

"... Io sono il vedovo, il tenebroso, l'inconsolabile..."

Sprofondato nei cuscini e accompagnandosi con la mano come se stesse dirigendo un'orchestra, Cardano stava recitando *La camera doppia*.

"Com'è arrivata qui? Chi l'ha portata? Quale possente magia l'ha installata su questo trono di fantasmagorie e di voluttà?"

Ero stordito dalle esalazioni del benzoino mischiato a quello che secondo Cardano era l'aroma del "purissimo olebano", e mi sembrò di sentire uno sbatter di porte per tutta la casa.

"A quale dèmone benigno devo la gioia di essere così circondato dal mistero, dalla pace e dagli odori?"

Feci un tentativo per interrompere Cardano perché il rumore sulle scale cresceva, ma lui mi bloccò con un gesto imperioso.

"È qui, la riconosco, è l'idolo dei miei sogni! Vedo i suoi occhi penetranti e terribili come fanali, riconosco la loro spaventosa malizia..."

Ma proprio mentre Cardano ripeteva inebriato l'ultima frase, si udì un rumore di tacchi nel corridoio, e sulla soglia comparve una donna con un abito di lamé dorato che si apriva come una ferita fino al ventre.

"La malizia? Qua la malizia ce l'hai solo tu, Carlo! Sta dentro alla tua testa di vizioso, perché tu sei un malato e un pervertito."

Fece un passo e il vestito che la fasciava disegnò scricchiolando i seni ritti. Si guardò attorno e storse il naso con disgusto.

"Ma che è, questa puzza? Qua si muore asfissiati!"

"Non è puzza, Amalia, sono i profumi dell'Oriente. I veleni che aprono la mente..."

"Queste sono solo fetenzie, Carlo! Apri le finestre, e fai passare un poco di aria."

Andò verso le finestre evitando le cataste di libri e i tavolini, spostò la tenda stringendosi il naso con le dita e solo allora vide le assi.

"Ma che hai fatto? Gesù, chisto è scemo! Ma come? Io ti affitto la villa con la vista più bella di Napoli, e tu sbarri le finestre?"

Con tono annoiato, Cardano mormorò che l'immaginazione si accendeva solo davanti alle finestre chiuse, ma la moglie non lo sentì e puntò un dito con l'unghia acuminata verso di lui.

"La villa del Settecento, eh? Ti serviva la villa con gli stucchi e gli infissi autentici! E per fare che cosa? Per stare buttato sopra a un tappeto con le finestre chiuse! E il libro? Dove sta, il libro?"

"Il libro è il tempo che fluisce via, Amalia."

Ma mentre Cardano cercava di spiegare in che cosa consisteva il "lavoro del tempo", la donna si accorse del computer coperto da un tappeto, con i pezzi scollegati e i fili arrotolati in una matassa.

"Non hai scritto niente! Tu e 'stu scemo 'e segretario non avete fatto niente!... Non è possibile! Io ti faccio assumere un segretario, ti pago tutto, e tu che fai? Niente..."

Cardano alzò le spalle e si accese una sigaretta. La donna sembrava essersi calmata di colpo, e la sua voce si era fatta suadente. Lei lo amava, e lo amava proprio perché era un artista, un uomo diverso da quelli che aveva sempre conosciuto. Ma perché non voleva scrivere per lei? Gli artisti creavano cose belle "per assopire i desideri di donne crudeli e insensibili", non lo aveva detto lui? La donna si avvicinò a Cardano fissandolo negli occhi, e la voce le uscì ancora più bassa, come un sussurro. E allora perché, perché non voleva scrivere per lei?

"Perché, Carlo? Dimmi perché..."

"Perché tu non capisci niente, Amalia. E la laurea te la sei comprata."

Alle parole di Cardano la moglie avvampò, e sembrò che

fosse rimasta senza fiato. Cardano aveva assunto un tono ironico, e proseguì.

"E fammi un piacere, Ama', vattenne. Lasciami nella mia quiete, io detesto la volgarità..."

"Ma stai parlando con me, Carda'? Ma tu lo sai chi sono io? 'O ssaie o no, Carda'?" Adesso gli occhi le erano diventati stretti e scintillanti, e si era messa a gesticolare. "Io sono una Negromonte! I miei antenati erano cavalieri e signori, nun erano mariuncielle 'e quatto sorde comm' 'e tuoie!"

Cardano continuava a fumare lanciando verso il soffitto i suoi sbuffi, ma ora la moglie stava imitando la sua cadenza stanca e annoiata.

"Non parli? E non parlare, tanto la tua litania la conosco a memoria! 'Io ho vissuto nella dissipazione, solo chi sperpera i suoi doni è un uomo degno di esistere, il mio albero genealogico è lo spirito.' Qual è, il tuo albero genealogico?"

"La vera aristocrazia è il disprezzo del mondo."

"E come no! Il disprezzo del mondo coi soldi di mio padre! La nobiltà dello spirito sulle mie spalle! Ma quale aristocrazia? Sono io, che vengo da secoli di sangue nobile, io..."

La voce di Cardano risuonò sorda, e improvvisamente volgare.

"Sì, bastardi di viceré spagnoli, bella munnezza! E vogliamo parlare del tuo nobile padre? Ama', e i tre fallimenti fraudolenti della fabbrica di gassose? Come diceva la pubblicità? 'Ti disseta e non ti ingrassa, bevi sempre Negrogas e così tutto ti passa!' 'A nobiltà? Te si' scurdata 'e gassose, Ama'..."

"Non ti permettere di offendere la mia famiglia! Tu nun si' nisciuno, tu si' sulo n'omme 'e niente! Ma ti sei guardato? A te 'stu benzoino t' 'a fatto addiventà scemo!"

E con un calcio improvviso, Amalia fece volare il bruciaprofumi per aria. Cardano si alzò con una sveltezza insospettabile in quel corpo pingue, con un balzo si lanciò addosso alla donna e le afferrò il polso.

"Ma guàrdate nu poco tu, stronza! Viene ccà, guàrdate!"

La trascinò davanti a uno specchio, e la tenne ferma anche con l'altra mano.

"E guardati, Amalia Negromonte! Ma qua' nobiltà? Ma qua' blasone? Guardati, Ama', guarda il trionfo della volgarità!"

"Lasciami! Non mi toccare! Lascia!"

"E chi ti tocca? Io tocco solo le cose belle!"

Ma sull'ultima frase la donna si divincolò, e allungando il collo teso verso Cardano, gli sputò in faccia.

"Chesta 'e 'a bellezza che t'ammiérete tu! E mo' che dice? Guàrdate tu, strunzo!"

Cardano restò per un momento imbambolato con lo sputo che gli colava sul mento, poi accostò la guancia quasi dentro allo specchio per guardarsi più da vicino. Si puliva con la manica della vestaglia, rabbioso, e girava la testa di lato per controllare se avesse altra saliva addosso. Poi cavò di tasca un fazzoletto cremisi e cominciò a sfregarsi i capelli passandosi il fazzoletto sulla nuca, sulla bocca e su tutto il corpo, come se non riuscisse più a fermarsi. E a un tratto con un movimento goffo si avventò sulla donna come se volesse strangolarla, le arrivò a pochi centimetri dal collo e con uno scarto improvviso diede un calcio al divano urlando. E mentre la moglie usciva sibilando "si' sulo n'omme 'e niente", lui cominciò a prendere a calci tutto quello che gli capitava a tiro, ripetendo come un insensato: "T'aggia accìrere, Ama', t'aggia fà 'a pelle!".

Il giorno dopo Cardano sembrava esausto, e stette a lungo sul divano a guardare nel vuoto. Poi balzò in piedi, chiuse la porta a chiave e agitando le mani cominciò a parlare. Amalia voleva portarlo dai fratelli per farlo lavorare a non sapeva quale progetto idiota, ma lui non ci sarebbe mai andato. Io i Negromonte non li conoscevo veramente, quelli erano la feccia della terra, un'immondizia oscena venuta a galla con l'unico scopo di opprimere qualsiasi bellezza. Poi, come ricordandosi di qualcosa, Cardano si rabbuiò e fece un gesto di stizza.

"E io dovrei umiliarmi davanti al Calebbano!"

Come, chi era il Calebbano? Era il soprannome del fratello maggiore di Amalia, un animale viscido e astuto che lui aveva conosciuto molto tempo prima di incontrare sua moglie. Cardano si strinse nelle spalle, e con l'aria di chi parla di qualcosa di trascurabile, disse che forse in un'esistenza anteriore lui e il Calebbano erano quasi stati amici. A vent'anni chi può sapere come diventeranno gli uomini? Ma sulla faccia della terra non potevano esistere due persone più diverse di loro, perché il Calebbano aveva scelto l'illusione ottusa del dominio, e lui non odiava niente quanto l'avarizia del potere.

"Io non voglio né obbedire né comandare! Hai capito?"

Lui aveva scelto per sé la dissipazione, e aveva sperperato i suoi soldi e se stesso perché non voleva accumulare nulla.

"Io sui soldi ci sputo! Io sono un uomo libero!"

Aveva appena finito di agitare esaltato la mano per aria quando sembrò accasciarsi di nuovo. No, era stato un vero idiota, e aveva sbagliato tutto. Perché adesso proprio lui, l'uomo più libero della terra, doveva dipendere da una mandria di ignoranti! Non c'era da ridere fino alla fine dei secoli? La faccia gli si increspò in una smorfia e prese a battersi con la mano su una guancia. Sembrava che stesse meditando, ma a un tratto colpì il tavolino con un calcio e gridò.

"Amalia Negromonte adda murì comme 'a tartaruga mia! Schiattata..."

Ah, non lo sapevo? Quel coglione del figlio di Amalia, "Gianfilippo 'e chill' 'e muorto", aveva cotto la sua tartaruga e poi aveva detto che era caduta nella vasca con l'acqua bol-

29

lente perché era vecchia e non ci vedeva bene. Vecchia? Quelli le tartarughe non arrivavano a farle fare vecchie, perché le uccidevano prima! Ma sua moglie gli rideva in faccia, e diceva che era tutta colpa sua se le povere bestie morivano. "Le tartarughe in casa muoiono presto, tu non le compri di razza, e poi non le fai mangiare abbastanza." Sì? E perché morivano solo le sue? Il padre di Amalia "teneva 'na tartaruga 'e cient'anne", e perché quella non moriva? Si immobilizzò, terreo in volto.

"Sto male, mi sento soffocare! Il profumo, prendimi il profumo..."

Sul tavolino di legno di rosa che stava vicino alla finestra afferrai una boccetta, ma Cardano si mise a strillare che quello non era buono, e che lui voleva il benzoino! E solo quando il profumo dell'olio di benzoino cominciò a invadere la stanza, sembrò ritornare in sé.

"... È l'aroma dell'Oriente, l'Oriente che puzza di carogne e di benzoino... I soli al tramonto sulle cupole scintillanti... Là ho dormito sotto portici aperti sul mare..."

Mentre recitava a voce alta, cercò di guardarsi nello specchio ovale senza alzarsi dal tappeto, ma per riuscirci doveva allungare il collo come un'oca. Si passò la mano sui capelli, e disse che la moglie lo accusava di essere un pervertito. Ma chi, lui? Forse ogni tanto frequentava ancora delle donne esperte nell'amore, ma solo per affinare la sua sensibilità e operare "le metamorfosi del piacere", non certo perché era un vizioso da quattro soldi come i fratelli di Amalia.

"E lei? Che si crede, secondo lei non so che tiene l'amante? Io so tutto! Nu strunzillo 'e avvocato, 'na nullità..."

Di queste sciocchezze non gli importava nulla, lui disprezzava le miserie coniugali. Ma era sicuro che Amalia perseguiva l'annientamento della sua originalità, l'umiliazione della bellezza attraverso di lui. Era solo per questo che voleva farlo lavorare al servizio dei fratelli, la conosceva troppo bene.

"Ma allora non è meglio che te ne vai? Divorzi e sei libero."

Cardano borbottò in risposta qualche parola incomprensibile, accennando misterioso a motivi che non poteva spiegarmi, ma a un'altra mia obiezione sulla sua schiavitù sessuale di colpo sbottò.

"Ma che stai dicenno, Robe'? 'O divorzio! E secondo te nun è niente, 'o divorzio?"

Ma proprio quando stava continuando, si sentì il rumore di qualcuno che tentava di aprire la porta e poi la voce di Amalia.

"È inutile che ti chiudi dentro a chiave, ti devi decidere! O accetti di lavorare per il progetto dei miei fratelli, o vai a fare il professore. A te e a 'stu scemo del tuo segretario vi mando al Loyola, così capisci che vuol dire la fatica! Tu non vuoi fare il concorso all'università? Tu si' n'essere superiore? E adesso tieni solo questa possibilità. Hai finito di dire cazzate, mo' basta, domani andiamo da papà e si vede che devi fare. Ci siamo spiegati? E di zoccole a casa mia non ne voglio più vedere!"

Cardano alzò le spalle e borbottò qualcosa tra sé.

"E un'ultima cosa, ma questa non fare finta che non l'hai sentita! O fai l'uomo, o dico tutto ai miei fratelli, e te facimmo curà. Mi sono spiegata bene?"

Con uno strano sorriso sul volto Cardano sibilò a voce bassa: "Vuole un figlio, vuole mischiare il sangue osceno dei Negromonte con il mio, ma l'artista è sempre sterile!".

La donna si allontanò lungo il corridoio, e finché il ticchettio acuto dei tacchi a spillo non si spense, Cardano restò immobile in ascolto. Solo quando fu sicuro che la moglie fosse lontana, balzò verso la porta col pugno alzato gridando: "Essere un uomo utile mi è sempre sembrato ripugnante! Hai capito, Amalia?". Si ravviò i capelli con la mano aperta a pettine, buttò alcuni grani nel bruciaprofumi e si mise davanti allo specchio mormorando qualcosa che non capii. Poi con un tono ormai tranquillo, mi spiegò che non si sarebbe mai arreso, perché sapeva come agire. Se volevo seguirlo nei pericoli della metamorfosi, non mi sarei pentito. L'artista che non si lasciava infinocchiare dalla moralità doveva essere anche capace di contraddirsi. I Negromonte erano la feccia della terra, un veleno osceno e ottuso, ma nel mondo impiegatizio che ci aspettava, il male non era forse l'unica cosa che conservava ancora un fascino? Mentre cercavo di uscire dalla stanza, Cardano si lasciò andare sui cuscini, incrociò le braccia sul petto e continuò a parlare a occhi chiusi. E quando riuscii a aprire la porta, mi raggiunse di nuovo la sua voce: "L'estetica è superiore all'etica, Roberto. E la vita si deve bere fino alla feccia. Deciditi, Robe', deciditi...".

Arrivai nella mia stanza, schiodai il compensato che non lasciava passare la luce e spalancai le imposte facendole sbattere sul muro. Fuori era buio, e non riuscivo a vedere niente. Il mare, dov'era il mare? Se tendevo l'orecchio, mi sembrava di avvertire come uno scorrere d'acqua, ma forse era solo il rumore del traffico in lontananza. A un tratto mi sentivo profondamente fiacco, e mi sedetti sul letto. Decidermi a fare che cosa? Cardano non era capace di vivere senza lusso, per lui le cravatte di seta erano forse più importanti dell'*Invitation au voyage*, e per quel superfluo che diceva di adorare come un pagano il Dio ignoto, sarebbe stato capace di qualsiasi cosa. Eppure era l'unico che sembrava capire fino in fondo quella sensazione di vuoto di tutte le cose che mi afferrava a volte come una insopportabile nausea, quando mi sentivo al guinzaglio di un dèmone senza né occhi né orecchi, un piccolo lacchè scioccamente tortuoso. Perché restavo ancora lì? Mi sarebbe bastato alzarmi, infilare il corridoio, scendere le due rampe di scale e sarei stato fuori. Ma per andare dove? Questa volta sapevo che non sarei mai più tornato né a casa né altrove, e le parole che Cardano mi aveva detto con la voce impastata dall'hashish mi giravano maligne nella testa. "Ah, sì? Buddha dice che il mondo è una casa in fiamme e tu lo devi abbandonare? E allora vattene su una montagna! Almeno i monaci il loro niente lo vivono, ma tu? In questo mondo schifoso l'unica cosa che vale la pena di fare è vivere, vivere fino alla feccia! Non lo capisci?" Mi alzai sporgendomi di nuovo dalla finestra per non sentire più quella voce, e strinsi gli occhi per cercare di vedere il mare. Ma il buio mi avvolse facendomi oscillare come se stessi cadendo, e a un tratto sentii la banda di ottoni che mi sbatteva in testa, le voci che ricominciavano. Allora ingoiai una delle pasticche che mi aveva dato Cardano e mi lasciai cadere sul letto, sperando che il sonno arrivasse presto, senza sogni.

Il giorno dopo, di sera tardi per evitare il traffico, partimmo per Villa Negromonte. Amalia aveva detto che la casa di suo padre si trovava al Vomero, ma la zona era così trasformata dai lavori in corso che non riuscivo a riconoscere le strade. Pensai che forse era colpa del fumo stordente delle sigarette di Cardano, ma quando ci lasciammo dietro quella che sembrava piazza Vanvitelli e per un grande cancello arrugginito cominciammo a scendere lungo il sentiero ripido di un bosco, rinunciai a capire. Dov'eravamo? Dai finestrini aperti entrava un odore pungente di foglie marce e di terra bagnata. L'automobile scendeva lenta nella foschia notturna appena rotta da qualche raro lampione, e quando l'autista era costretto a frenare a causa delle curve a gomito, i fari illuminavano per un attimo l'intrico degli alberi. Attraverso una galleria scavata nella roccia passammo su un ponte e l'automobile si fermò, slittando sulla ghiaia di fronte a un grande edificio che sembrava sospeso a strapiombo sulla città.

Stavo per chiedere a Cardano se quello che si vedeva lontano nero e tremolante di luci fosse il mare, quando una voce spessa salutò Amalia. L'uomo che apparve nel chiarore dei lampioni e strinse con energia Amalia poteva avere sui quarant'anni, con la testa completamente calva e la larga faccia quadrata disegnata da un pizzetto sottilissimo. Gli occhi erano piccoli e inquieti, e un grande collo taurino emergeva da una giacca a quadretti da cui spuntava una lucidissima cravatta con un fermaglio di perla. Mentre salivamo uno scalone, l'uomo confabulò con la donna indicando verso di noi con la testa.

"Ma chi è?" chiesi a bassa voce a Cardano.

"È un fratello di Amalia, Ferdinando. È solo un megalomane arricchito."

"Carda', che stai dicenno? Che è, non si salutano più i parenti? Bravo, ti sei deciso, e hai fatto bene. E chisto è 'o guaglione?" E mi indicò col grosso dito strozzato da un anello. "Sempe 'sti manie 'e grandezza, Carda'. Tu si' nu muorto 'e famme, e devi tenere il segretario?"

Villa Negromonte doveva essere immensa, perché camminammo a lungo attraversando corridoi e sale affrescate, per scendere poi lungo una scala di marmo nero che sembrava non finire mai.

"A piedi, camminare a piedi fa bene. È overo, Carda'? All'artista nu poco 'e movimento ci fa circolare il sangue! Ma che tieni, stasera, pecché nun parle? T'hanno tagliato 'a lengua?"

"Non ho niente da dire a chi porta l'orologio sul polsino. Nessun crimine è volgare, ma la volgarità è un crimine."

Ferdinando si fermò un momento tirandosi su la manica della giacca per guardarsi il polso, e scoppiò a ridere.

"Ma tu dice 'o Cartie'? Nun cagne mai, Carda'! Si' nu spellecchione ma te cride 'e fà 'o raffinato. Si' overo n'artista, si'..."

Attraversammo ancora un corridoio, e entrammo in una stanza ampia ma quasi tutta occupata da una vasca. Lungo le pareti c'erano divani di marmo bianco, e dai quattro angoli della vasca scendevano in acqua scalini di onice. Il caldo era asfissiante, e cominciai a sudare. Con una rapida serie di movimenti, Ferdinando si era liberato dei vestiti e stava scendendo nella vasca.

"Il calore è la cosa migliore, perché il calore mantiene giovani. Fatte nu bagno, Carda', accussì 'o sanghe circola!"

La vasca era circondata da una balaustra di metallo dorato che terminava intorno al collo di una statua di Venere, con i seni che schizzavano nella vasca zampilli d'acqua. Sospese alla balaustra c'erano delle urne di marmo nero che lasciavano cadere sul pelo dell'acqua fiori rossi.

"Te piace, Carda'? Artistica, è overo? L'ha progettata lo Sciacallo."

"Non ne dubitavo. È l'arte alla portata di chi confonde lo sfarzo con l'eleganza. Ha copiato la sala da bagno dei Borboni, e naturalmente senza alcun gusto."

"Che 'a ditto? Ma tu 'o capisce, Robe'? Grand'omme, Cardano, ma non tiene praticità..."

Mentre rivolto a me Ferdinando stava continuando, si aprì una tenda di broccato che copriva una parete e comparve un vecchio con la faccia quadrata, gli zigomi schiacciati da pugile e una larga bocca carnosa. Sedeva su una sedia a rotelle a motore con dietro una negra che lo seguiva coperta solo da un piccolissimo perizoma.

"Salute, papà!" gridò Ferdinando dalla vasca, ma il vecchio fermò con un gesto il figlio facendogli cenno di restare dov'era.

"Fa friddo, ccà..."

Il vecchio portava una vestaglia giallo oro su una giacca con il panciotto, eppure si lamentò che la temperatura non era abbastanza alta. Io sentivo vampate di calore che mi salivano alla fronte, e avrei voluto spogliarmi, ma vidi Cardano che restava impassibile nel suo paltò e ci rinunciai. Il vecchio lanciò un rapido sguardo all'intorno e si rivolse a Ferdinando con una voce cavernosa.

"Addó sta 'o piccerillo? Ce fa sempe schifo 'a famiglia, a tuo fratello? Nun vene mai."

"Papà, ti sei scordato? Quello Andrea sta in viaggio."

Il vecchio Negromonte sembrò non aver capito, e ripeté: "Fa friddo, ccà".

"Non ti preoccupare, papà, ci penso io. Mo' facciamo salire un poco la temperatura..."

Ferdinando suonò due volte una campana che stava sospesa alla balaustra, e mise la testa sotto lo zampillo.

"Insomma, Carda', tu devi collaborare con la famiglia. Io so tutto, e ti perdono, noi ti perdoniamo. Tu si' n'omme 'e cultura, sai nu sacco 'e cose, ce puo' servì. Noi teniamo grandi progetti, ma gruosse overo, Carda'! Mo' però facìteve 'na sciacquata, ce sta tiempo..."

Suonò di nuovo la campana e nella stanza da bagno entrò un ragazzo in livrea che spingeva un carrello carico di piatti fumanti.

"So' due antipasti caldi, pigliàte, pigliàte. Uhé, si' arrivato! Calebba', ti sei degnato!"

Il Calebbano aveva addosso dei jeans con una grossa cintura borchiata e una camicia bianca con le sue iniziali ricamate in oro sul colletto. I capelli nerissimi erano legati in una coda e portava occhiali scuri che gli davano l'aria di un teppista. Tirò fuori dalla valigetta un portatile, lo accese e ci si sedette davanti.

"Parla, Calebba', vai."

Il Calebbano fissò lo schermo del computer, e cominciò a dire che uno dei problemi della famiglia era l'eccesso di denaro liquido. Gli affari con "gli amici stranieri" stavano diventando sempre più rischiosi, e bisognava pensare a investire i capitali in modo diverso. Mentre Ferdinando usciva dall'acqua facendo cenno alle donne che cominciassero a massaggiarlo con l'olio, era entrato un uomo grassoccio e insinuante con un paio di baffetti corti sulle labbra affilate, e alle ultime parole del Calebbano aveva fatto un gesto di scherno.

"Ma che rischiose, Calebba'! Noi siamo i Negromonte, e possiamo fare quello che ci piace! E qual è il problema?"

"È Francesco, il fratello architetto. Lo chiamano lo Scia-callo, ma è solo un ignorante fissato con la storia dei Borbo-ni" mi soffiò disgustato all'orecchio Cardano.

"E fallo parlà, Sciaca', mannaggia 'a morte!" sbottò Fer-dinando rivolto al fratello appena arrivato, mentre il Caleb-bano riprendeva a parlare. Forse era il sudore che comincia-va a gelarsi sulla pelle, ma sentivo salirmi addosso brividi im-provvisi che mi facevano sobbalzare. Cardano aveva incro-ciato le mani sul petto e ascoltava, ma io a tratti non afferra-vo le parole, e gli occhi mi bruciavano fino a velarmi la vista. Del discorso del Calebbano sentivo solo qualche frase, sot-tolineata dalle esclamazioni dei fratelli. Mi sembrava di aver capito che volevano entrare nel campo "dell'economia im-materiale", perché ormai c'era solo una cosa che poteva ar-ricchirli ancora, e era la cultura.

"'A cultura? E comme 'e facimmo 'e sorde c' 'a cultura?" domandò Ferdinando.

Il Calebbano fece una lunga pausa, si guardò attorno e con calma spiegò che si sarebbero venduti Napoli con il golfo, il Vesuvio e gli abitanti. Si vendevano tutto il Sud, ma con la gente dentro, come in un immenso parco tematico. L'i-dea del Calebbano, o quello che riuscivo a capirne, era di far diventare Napoli "la grande capitale" della nuova economia.

"Questa diventerà la California della cultura. Ormai la produzione di beni è sorpassata, i mercati sono saturi, fra poco ci sarà un tracollo. Anzi, come sapete, c'è già stato..."

"'Stu cazzo 'e terrorismo!" biascicò Ferdinando masti-cando una pralina.

Certo, c'entrava anche il terrorismo, ma alla fine quello poteva anche diventare utile. Il vero problema era invece una crisi radicale, e il pericolo che se il capitalismo si fosse esteso a tutto il mondo la mano d'opera a basso costo non sarebbe più stata disponibile.

"Taglia, Calebba', 'sti strunzate 'ncoppa 'o capitalismo nun servono..."

Con fare paziente ma in tono reciso, il Calebbano spiegò che la nuova epoca stava diventando sempre più immateriale, e il capitalismo si era finalmente trasformato in quello che per millenni si era chiamato spirito. Nella nuova era non si sarebbero vendute soltanto cose, ma idee. Non capivano che ormai era più quotata una holding di pubblicità che un colosso della meccanica? La famiglia possedeva un patrimonio che non finiva più, e che ne faceva? Lo investiva in attività superate, che non fruttavano. Ferdinando scosse la testa, con disgusto.

"Non fruttano! 'E capito, Carda'? È nu schifo."

Nella nuova era che si stava aprendo, i più grandi progetti diventavano possibili, però era indispensabile pensare in grande. Tutti ripetevano che la vera ricchezza del Sud era il turismo, ma la loro era una visione vecchia, già sorpassata. Sì, bisognava vendere il cibo e i monumenti, ma soprattutto mettere in commercio "la vita stessa".

"L'esperienza, ecco la nostra parola nuova, noi metteremo in commercio l'esperienza! Noi ci dobbiamo vendere la vita della gente..."

Il vecchio Negromonte sembrava essersi addormentato sotto il massaggio continuo che la negra gli faceva tra collo e spalle, ma quando il Calebbano alzava la voce o i figli battevano le mani apriva un occhio e faceva un cenno di assenso con la testa.

"Che fanno la Nike, la Coca-Cola e Calvin Klein, eh? Si vendono la cultura, perché la gente non compra più le merci, ma uno stile di vita."

Ferdinando lo interruppe, e continuando a masticare e a parlare, disse che non capiva. E il progetto archeologico che fine faceva? Ma a un tratto si mise a frugare nei piatti buttandoli per aria.

"Addó cazzo sta 'o ccaviale? Chi 'a priparato 'stu carrello 'e mmerda mo' se fotte! Chiammate 'o cuoco, addó sta 'o cuoco?"

"Ho capito, Calebba', ci vendiamo il divertimento. Si 'a gente ce piace 'a messa, noi gli diamo la messa, si 'a gente vo' pazzià cu' Marcos, noi gli diamo Marcos. Solo che devono pagare, e senza rompere il cazzo! Devono pa-ga-re..."

Il Calebbano annuì sorridendo allo Sciacallo, e disse che l'esempio del Presidente aveva dimostrato a tutti che l'importante era non avere paura di sognare l'impossibile. Come aveva detto? "Quello che oggi vi sembra un sogno assurdo, domani sarà la sola realtà." E non era forse stato vero?

"E comme no! Mo' in questo paese comandiamo noi, di che ci dobbiamo mettere paura? Sì, Carda', è inutile che fai accussì c' 'a capa! Siamo stati scelti dal popolo, 'e capito? Eletti democraticamente..."

"La democrazia è una cazzata, coglione. Ma quale governo del popolo? La tua non è nemmeno una zoocrazia..."

Ferdinando restò interdetto per un momento, ripetendo tra sé "zoocrazia, zoocrazia, zoocrazia", poi scoppiò a ridere e scosse la testa. Il Calebbano aveva ripreso a parlare, e spiegò che oggi tutte le idee del passato non contavano più nulla. Bisognava conservare ancora per qualche tempo i vecchi nomi alle cose per non spaventare la gente, ma intanto trasformare tutto da cima a fondo.

"È tempo che anche l'immaginazione si metta a lavorare. È venuto il momento di far fruttare i sogni, di venderci i nuovi paradisi artificiali..."

Ormai grondavo acqua da tutte le parti, e mi battevano i denti. La stanza mi ruotava intorno sollevandosi e abbassandosi, e vedevo ora la faccia del vecchio Negromonte che mi incombeva addosso ora le pareti che si allontanavano rapidissime, risucchiandomi in un imbuto. Alla frase "venderci i nuovi paradisi artificiali" mi sembrò di scorgere Cardano che si alzava urlando qualcosa al rallentatore contro il Calebbano, ma poi mi afflosciai sul pavimento mentre nel cervello si conficcava la voce dello Sciacallo: "Chillo è nu vigliacco, nun 'o penzà! Deve fare come vogliamo noi, st'esteta d' 'o cazzo!".

Nei giorni seguenti Cardano cominciò a fare discorsi tortuosi sul progetto dei Negromonte e sul "fascino del tradimento", sostenendo che il vero artista è sempre pronto a tradire una causa per vedere che cosa si prova servendone un'altra. Ma poi la faccia gli si induriva, e si lasciava sfuggire mezze frasi su un presunto ricatto nei suoi confronti, sibilando che il Calebbano se lo poteva togliere dalla testa di mettergli i piedi in testa a lui. No, la verità era che quelli avevano bisogno della sua consulenza perché erano tutti a digiuno sui "supremi principi dell'estetica", e senza estetica il loro progetto se lo potevano anche infilare in quel posto.

Da quando eravamo arrivati alla villa Cardano esibiva delle toilette ancora più eleganti e stravaganti che in passato, e se passava davanti a uno specchio non poteva fare a meno di dare un'occhiata al nodo della cravatta, alla lunghezza del polsino o al modo in cui gli cadevano i pantaloni sulle scarpe. Adesso ogni mattina si faceva arrivare una grande rosa bianca, e pretendeva di sapere dallo sbalordito giardiniere che gliela consegnava se il gambo era stato tagliato prima dell'alba da "delicate mani femminili" come lui aveva ordinato. Mi spiegava che durante la giornata la rosa subiva le metamorfosi più imprevedibili, che lui la amava soprattutto "chiusa e stretta come le labbra acerbe di una ragazzina", ma che non gli dispiaceva neanche "matura e schiusa" come una valva di conchiglia. E di notte, quando la rosa era sull'orlo del disfacimento, affondava inebriato il viso in quell'aroma stordente e nel "sapore di sfacelo" dei petali grassi. Ma poi dalla metamorfosi della rosa ritornava di nuovo a interrogarsi sull'offerta dei Negromonte, dicendo che non bisognava lasciarsi incantare dalla morale, perché che cosa avevano a che vedere gli artisti con il bene?

"Ma che vuoi dire? Non ti capisco. Non vorrai mica accettare la proposta dei Negromonte!"

"Roberto, tu non capisci niente. Come diceva, Wilde? La personalità è una cosa misteriosa, e non sempre si può valutare un uomo da quello che fa. Un uomo può rispettare la legge e non valere niente, e può infrangere la legge ma essere degno di ammirazione. Hai capito, adesso? Degno di ammirazione se tradisce, si degrada, si corrompe..."

Non mi sembrava logico? Sì, aveva accettato la loro proposta anche per me, perché sapeva che sarei stato d'accordo. Non ero io a ripetergli sempre il versetto della *Bhagavadgītā* con quella storia di compiere l'azione senza badare al frutto dell'azione? E allora che mi importava il contenuto di quello che facevo? La forma, la forma era tutto!

"È proprio qui che si vedrà l'arte. Che importa quello che vorresti essere? Un artista bada solo allo stile..."

"Tu sei pazzo! Quelli vogliono dei servi, non ti rendi conto?"

"Ma tu sarai libero nello stile! L'unica libertà che un uomo superiore può chiedere senza vergognarsi..."

E comunque, non mi dovevo preoccupare, perché l'unico lavoro da fare consisteva nel leggere qualche libro e farne degli estratti. Non volevo mica definirlo un lavoro, quello? Cardano affondò il viso nella rosa che portava all'occhiello, e mormorò con aria distratta che i Negromonte avevano già aperto un conto per me al Banco di Santo Spirito. Non era supremamente ironico sfilare di tasca i soldi a quei deficienti arricchiti? Ma come, non li volevo! Gli avevo riempito la testa con le mie cazzate orientali sull'uomo libero dai vincoli, e adesso volevo comportarmi come un qualsiasi borghesuccio? Ora cominciava una vita veramente rischiosa, e bisognava sperimentare il mondo nei panni della vittima e del carnefice, perché l'uomo superiore "deve provare tutto".

"Il Dio di questo secolo è la ricchezza? E allora bisogna diventare ricchi, a qualsiasi costo! La metamorfosi, la metamorfosi! Roberto, se vuoi diventare qualcuno, devi morire e trasformarti. Tra-sfor-mar-ti! 'E capito, Robe'?"

Il caldo a Villa Negromonte era una mania. Ai primi di marzo le stanze erano ancora riscaldate come se fossimo stati in Siberia. I termosifoni erano accesi a qualsiasi ora, e si sarebbe crepati di caldo anche a voler andare in giro nudi. Lo Sciacallo aveva fatto passare i tubi dell'acqua calda sotto il pavimento, e indicando le grandi lastre di marmo dalle quali emanava un caldo che trapassava qualsiasi scarpa, si vantava della sua modifica: "Come i Romani, come gli antichi Romani!". Era per questo che nella villa quasi tutti giravano con i sandali, e si sentiva lo sbattere delle suole sul marmo per tutto il giorno. Ferdinando diceva che ormai nel vecchio edificio i Negromonte stavano troppo sacrificati, e per allargarsi si erano presi il parco della Floridiana. Che significava, che era proprietà dello Stato? Ma allora non avevo capito niente!

"Sciaca', ma tu non ci spieghi niente al nostro giovane? 'O Stato! 'E capito? Questo parla ancora dello Stato!"

I Negromonte avevano messo le mani sulla Floridiana con la formula della "concessione temporanea", e stavano ridisegnando da capo il parco e la villa per tornare alla tradizione. Ferdinando si portava sempre appresso il fratello perché era il progettista, ma era afferrato dall'insofferenza per le sue lunghe pause e lo interrompeva in continuazione.

"Spiega tu, archite', come deve venire? Aspettate, mo' ve

lo dico io, questo parla difficile. Là, lo vedi? Là ci deve venire un teatro all'aperto. E ccà, stammo a scavà per le rovine artificiali e 'o lago coi cigni. In fondo ci viene il coso, comme se chiamma, Sciaca'?"

"Il serraglio, Ferdina', il serraglio..."

"Esattamente, 'o serraglio coi leoni e i canguri. E tu che ride a ffà, Carda'? 'O Sciacallo dice che 'e cangure prima ci stavano!"

I Borboni li tenevano, i canguri? Sì? E allora perché non li potevano tenere pure i Negromonte? E proprio in fondo al parco, per andare a prendere l'aria buona dopo mangiato, doveva essere restaurato il villino neoclassico dove si sarebbero usati solo servizi autentici di Capodimonte e di Sassonia con le caffettiere d'argento inglese portate da servi in livrea.

"So' spese grosse, eh? Ma ai Negromonte i soldi non ci fanno paura!"

Qualche volta me ne andavo in giro per il parco da solo, e mi fermavo sull'orlo dello strapiombo a guardare la città di sotto che si apriva come un ventre tumefatto in mezzo ai fumi e al chiasso furioso che lassù arrivava ovattato. Il mare sembrava immobile e oleoso anche nei giorni di vento, e la luce accecante della primavera faceva apparire ancora più oscena la colata di case corrose dalle piogge e dall'incuria. Ma i Negromonte sostenevano che il loro progetto avrebbe cambiato faccia alla città, e Ferdinando e il fratello liquidavano con un sorriso che si induriva in una smorfia qualsiasi obiezione. Sembrava davvero, come diceva disgustato Cardano, che i Negromonte credessero che con loro cominciava "l'era della felicità obbligatoria".

Ma quando tornavo nella villa, e dovevo muovermi di nuovo in quell'aria asfissiante che secondo i fratelli faceva salute, mi afferrava uno spossamento che non riuscivo a vincere nemmeno camminando anch'io con la camicia completamente sbottonata e fuori dai pantaloni. L'unica cosa che riusciva a consolarmi, era il versetto della *Bhagavadgītā* che mi ripetevo prima di addormentarmi con la finestra spalancata per poter respirare almeno di notte. "Compi l'azione senza preoccuparti dei frutti dell'azione." Ma che voleva dire veramente?

Secondo il Calebbano chiunque nella villa doveva essere reperibile in qualsiasi momento, e Ferdinando aveva regalato a tutti "il cellulare di famiglia", un telefonino con un incomprensibile stemma gentilizio in campo azzurro sormontato da una enorme N maiuscola. I cellulari squillavano in continuazione, perché la casa e il parco erano così grandi che per comunicare bisognava usarli per forza, e le conversazioni si sovrapponevano a tutte le ore. Ogni famiglia aveva i propri domestici, e appartamenti grandi e separati dagli altri, ma tutti si lamentavano dello spazio e della posizione delle stanze.

Miranda diceva che io avevo la faccia di uno che i segreti li mantiene, si vedeva che ero un giovanotto a posto, e mi prendeva in continuazione da parte per spiegarmi come andavano male le cose in quella famiglia. Non era per niente giusto che proprio a lei, alla moglie di Ferdinando, fosse toccato l'appartamento senza sole. Parlando si toccava nervosa il filo di perle che portava al collo, lisciava sovrappensiero la gonna del tailleur e scuoteva la testa. "Ma tu capisci? Qua fa tutto mio marito, e chi ha avuto le stanze col sole? Eh? Chella comunista fetente 'e Bianca!" Secondo Miranda, la moglie del Calebbano aveva pochi anni meno del marito, ma la stronza se li portava bene. "Sempe cu chelli magliette attillate, 'e visto? Pe' fà vedé 'e zizze!" Però Dio c'era, e a quella grande zoccola l'aveva sistemata per le feste. Quando quei due si erano sposati facevano a chi era più compagno, sbraitavano che la proprietà era un furto, e dicevano che il tuo era il mio e il mio era il tuo. E quando mai si erano sentite stronzate di questa maniera? Avevano inguaiato pure il figlio, perché lo avevano chiamato Alfredo Ernesto Che, per omaggio a uno che stava scritto sopra alle magliette! E quella "mucella cu l'uocchie verde" le aveva detto che un giorno la rivoluzione avrebbe spazzato via lei e tutti i suoi privilegi borghesi! Veramente? Intanto, era stato il Calebbano a spazzare via a lei, e con la scusa della compagna, l'aveva spogliàta viva viva, a Bianca! Così la biondina la finiva di dire che lei, Miranda, teneva la mentalità di una serva. Sì? Ora che stava senza soldi, ci andava lei, a fare la serva! Ma Dio esisteva, e i figli di quella stronza esagerata a scuola erano una fetenzia. Ma che mi credevo? Prima cosa, a quella i figli la schifavano perché era comunista, e poi con tutte le raccomandazioni che teneva, "Alfredino" a stento aveva preso la media del sei. "Sei! 'E capito? 'A sufficienza!" E l'altra figlia, Elena? Sì, l'avevano chiamata come la regina per fare i raffinati, ma tanto non erano nessuno lo stesso. E lo sapevo che fine aveva fatto quell'altra saputella? "Sotto! È andata da sotto! Mo' 'o primmo quadrimestre Adriana mia l'ha superata!" Comunque il vero campione era suo figlio Fabrizio, che si era preso la licenza elementare senza raccomandazioni, e ora studiava "pure il latino". E Miranda passava a spiegarmi i suoi sistemi educativi, come si era sacrificata di persona per fare lo zabaione ai figli "con le uova fresche", tutte le vitamine che gli aveva dato, il fatto che ogni volta che pigliavano la febbre lei faceva venire i migliori specialisti, e era contenta solo se io le giuravo che non mi sarei fatto infinocchiare da nessuno. Quelli erano una famiglia di falsi, e non li dovevo stare a sentire. E il Calebbano, lo sapevo chi era veramente il Calebbano?

"Quello è figlio naturale d' 'o viecchio! 'E capito mo' che famiglia?"

Il vecchio si era tenuto due mogli finché "chella stroscia c' 'o piattino" della madre del Calebbano non era crepata. Il vecchio? Eh, quello era il più infame di tutti! Ma parlando del vecchio Negromonte, Miranda impallidiva e abbassava la voce a un sussurro quasi inudibile.

"'A paralisi? Eh, lo so io, perché c'è venuta la paralisi!"

Quello ancora adesso che stava "ai piedi di Pilato" metteva le mani addosso alle cameriere, e quelle fresche arrivate se le passava tutte.

"Lo vedi che schifo? Quello Ferdinando a paragone a loro è una pasta di pane, e quando ci hanno dato l'affacciata a nord non ha detto niente, perché è nu signore."

E che ne sapevo, di quelli! Lo Sciacallo? Era un altro miserabile, uno che andava a fare le condoglianze a tutti i funerali perché diceva che a vedere morire gli altri si sentiva più in salute.

"'E capito che omme è quello? È convinto che la morte degli altri 'o fa ripiglià. Sai che mi dice? 'Mira', le case dove c'è un morto sono piene di energia! Tu dovresti provare, quando torno me sento cchiù giovane, tengo 'a forza 'e nu toro!' Che schifo, Gesù, che schifo 'e famiglia..."

No, l'unico a posto là dentro era Andrea, "'o piccerillo". Ma si era urtato con tutta la famiglia, e soprattutto si era messo contro "al vecchio maiale". Lei non lo capiva sempre, perché quello Andrea parlava difficile, ma gli voleva bene assai, e gli aveva fatto gli zabaioni come se fosse stato suo figlio. Non volevo uno zabaione pure io? Mi vedeva sciupato, se assaggiavo il suo zabaione avrei lavorato meglio. Si metteva subito a trafficare con le uova e la forchetta e attaccava a parlare della "cognatina", correndo ogni volta fino alla porta della cucina per controllare se per caso non la stesse spiando.

"Quella? Quella si crede che il mondo gira attorno a lei, se crere 'e essere 'a reggina 'e Napule! Ma chi è? È solo una cafona! Si è sposata a Cardano perché dice che a lei ci piacciono gli artisti, ma prima dell'artista, 'a atterrato a due mariti schiattate 'e sorde fino all'uocchie."

E pure Cardano, eh! Quello era un uomo veramente elegante, però stava pieno di vizi, e si era sempre fatto mantenere dalle donne. Ma adesso però "si sciacquava la mòla", perché aveva trovato "la scarpa per il piede suo". Gianfilippo e Iolanda non lo pensavano nemmeno se stava schiattando, perché erano i figli dei due mariti precedenti. E come erano morti, quei poveri cristi? Tutti e due si erano messi a letto, e dopo tre giorni esatti erano crepati. "Nun è strano? Tutt' 'e duie 'a stessa morte?" E abbassava la voce sibilando: "Chella è 'na Messalina!". Ma l'àvevo guardata bene? Quella agli uomini se li spolpava vivi, li succhiava come se fossero stati una vongola, e poi li buttava nel secchione. Però si era fatta intestare tutte le proprietà dei mariti, eh, quelle mica le buttava!

"E a me mi chiama ignorante! 'Stai zitta, tu, che io sono laureata!' Hai capito? A me, stai zitta! E tu chi si'? 'A laurea se l'è accattata, e io ho fatto la scuola magistrale, so' più maestra di lei!"

E mi faceva vedere il diploma incorniciato sul muro, con un faretto che lo illuminava a giorno. No, io non sapevo proprio niente di quella famiglia, concludeva ogni volta, e era suo dovere dirmi la verità, farmi sapere come stavano veramente le cose.

A Villa Negromonte tutti sostenevano di sapere la verità sugli altri, e volevano convincermi che "quelli là" erano dei pericolosi mentitori, e soprattutto degli usurpatori. Ma le accuse reciproche, i rinfacci su chi aveva le stanze esposte al sole o davanti al mare, sui figli o sui domestici, erano sempre sussurrate o dette di nascosto a causa del vecchio. Perché il vecchio Negromonte voleva che la famiglia stesse unita, e li minacciava continuamente di diseredarli.

"Qua non voglio discussioni, ci siamo intesi? O si no ve levo 'o ppane 'a vócca a tutte quante!"

Il vecchio girava per la villa sulla sua sedia a rotelle, seguito da un negro enorme che lo aiutava a salire le scale e a superare i dislivelli, e una delle cose che lo ossessionavano di più erano le porte. Aveva fatto buttare tutte le chiavi perché in casa sua doveva circolare liberamente, e se nei suoi giri trovava una porta chiusa, cominciava a sbraitare.

"Dinto 'a casa mia le porte devono stare sempre aperte! Qua non teniamo niente da nascondere. E mo' non c'ho il diritto di entrare a casa mia? Ma qua' papà e papà! E che è, 'sta prìvaci d' 'o cazzo? Io 'a casa mi' aggia cammenà libbero!"

A volte si fermava a parlare anche con me, dicendomi che non dovevo stare a sentire "vócche 'e fémmene", perché quelle facevano tutte chiacchiere. Io mi chiedevo come avesse fatto il vecchio Negromonte a accumulare tanti soldi, e soprattutto a sposare la figlia di una famiglia che era entrata nella storia di Napoli. Ma una volta che mi ero lasciato sfuggire la parola "baronessa", il vecchio mi aveva afferrato un polso con la sua mano enorme da scaricatore strappandomi un grido.

"Tu pienza a studià dentro ai libri e lassa stà 'a baronessa, 'e capito? E mo' va', va' a faticà."

Nemmeno Miranda voleva parlare della baronessa, e quando le riferii le parole del vecchio alzò le spalle e aggiunse che lei doveva pensare al bene dei suoi figli. Anche Cardano, che da qualche giorno vedevo pochissimo, faceva spallucce alle mie domande. Quando avevo insistito si era avvicinato come se avesse voluto prendermi a schiaffi, e con la voce strozzata aveva sibilato: "Il Dio di quest'epoca è il denaro, non l'hai capito ancora?". Stava per aggiungere qualcosa ma poi si era allontanato in fretta, e sulla soglia si era voltato per ripetere con una smorfia: "Il denaro, il denaro, il denaro!".

Una mattina il Calebbano mi mandò a chiamare, e mi disse che dovevo fare un "lavoretto" per lui, perché di Cardano non si fidava. In biblioteca avrei trovato dei libri dai quali fare qualche piccolo riassunto.

"Ma riassunti fatti come? E a che cosa serviranno?"

Il Calebbano fece un gesto accomodante, e sorrise.

"Devi solo copiare i pensieri importanti, quelli che ti sembrano più significativi. Hai capito? Non è difficile..."

Sapevo che il Calebbano doveva avere quasi cinquant'anni, ma dimostrava l'energia di un ventenne. Quando si muoveva lo faceva di scatto, veloce come un serpente, e si vedevano i muscoli del corpo flettersi fino alle vene del collo come corde. La sua stretta di mano era una morsa, e dava l'impressione che se avesse voluto avrebbe frantumato le ossa dell'interlocutore senza sforzo. Non sembrava mai veramente sincero, e anche quando di rado si lasciava andare a alzare la voce o a usare qualche parola in dialetto, era sempre come se stesse recitando una parte. A volte pareva far trapelare un impercettibile disprezzo per i Negromonte, ma le sue frasi sulla famiglia erano sempre ambigue, interpretabili almeno in due maniere. Ora mi stava spiegando la fase del progetto per *Eternapoli* che chiamava "l'elevazione del livello sociale", secondo lui indispensabile per dare una base solida al suo disegno.

"Si deve creare un mito, il mito dei Negromonte. Allora basta con il fare quello che fanno tutti, basta con il mischiarsi agli altri! Ci vuole altro, ci vuole altro."

Tutti i ragazzi dovevano ritirarsi dalla scuola. Sarebbero stati educati in casa da precettori privati, come si usava nelle famiglie aristocratiche di un tempo. La notizia doveva essere diffusa dai giornali, in modo da far notare che non si trattava di un ritorno al passato, ma di "un salto nell'imminente futuro".

"Ma tutto questo non li separerà dalla gente comune?"

Era proprio quello, lo scopo. Nello stesso tempo i ragazzi, accompagnati da guardie del corpo, avrebbero frequentato luoghi pubblici e ritrovi, mescolandosi anche con il popolo.

"Proprio come i re..."

"Sì, proprio come i re. Quello che funziona ancora nel mondo sono i re, e noi seguiamo la storia. Che ci sta di strano?"

"Ma la gente è abituata alla democrazia, è abituata a andare a votare, come si può..."

"Tu non hai capito niente. La gente se ne fotte, della democrazia! La gente non la sopporta, la democrazia. Ma nun capisce niente, allora? La libertà vuole dire sforzo, e la gente non si vuole sforzare. Tutto va avanti solo per abitudine, per inerzia, perché nessuno tiene il coraggio di dire 'ora basta!'. Ma overo nun capisce?"

Ero seduto di fronte a lui separato dalla scrivania con i due computer che il Calebbano teneva sempre in funzione. Lui si alzò e mi venne vicino, dandomi uno scappellotto sulla nuca. Poi cominciò a girarmi intorno.

"Tu non sai niente. La gente si vuole togliere il peso, questa è l'epoca della leggerezza. Se tu gli togli il peso di vivere, e non gli fai capire che li disprezzi, ti saranno riconoscenti."

Si avvicinò alla finestra dalla quale si vedeva il mare. Il sole gli sbatteva in faccia, ma lui aveva i soliti occhialetti neri e guardava in basso.

"Robe', tu non capisci, perché credi ancora a troppe cose. Sei affascinato dalle cazzate di Cardano, ma Cardano chi è? È sulo nu muorto! Cardano se vennesse pe' 'na cravatta, pe' 'na piccerella, pe' 'na fumata..."

"Non è vero! E poi io non credo in niente!"

Io mi illudevo soltanto, di non credere in niente. Ma se lo avessi ascoltato sarei diventato davvero un altro, niente mi avrebbe più ferito, e avrei guardato il mondo come un'immondizia. La magia dell'arte? Lui mi avrebbe fatto provare un potere più grande di quello che muove le parole, il potere di muovere gli uomini! Sì, avrei avuto tutto, e in più la forza di sputarci sopra. Non volevo mica andare sempre dietro a un fallito come Cardano! Quello era un artista solo a chiacchiere, e non valeva niente. Non diceva sempre che tutta l'arte era perfettamente inutile? E aveva ragione, quella era l'unica cosa giusta che gli fosse mai uscita dalla bocca. Il Calebbano scoppiò a ridere, e sembrò riscuotersi.

51

"Io so tutto di te, più di quanto ti immagini. Te lo ricordi che dice la *Bhagavadgītā*? Chi compie l'azione senza speranza nel frutto dell'azione, quello è un uomo libero. Hai capito? E non ti scordare, i libri stanno sul tavolo grande della biblioteca. Ma ora vattene che devo lavorare, e chiure 'a porta."

Uscii stordito dallo studio del Calebbano. La frase dalla *Bhagavadgītā*! Cosa ne sapeva che era l'unico libro che avevo conservato? Quell'uomo emanava da sé una forza che mi nauseava, ma sembrava davvero l'unico a essere arrivato dove io avevo sognato, a non essere più il servo sciocco né di illusioni né di verità. Per un momento pensai di tornare indietro a chiedergli che mi parlasse ancora di quello "sputare su tutto", ma sapevo che mi avrebbe solo riso in faccia.

Il giorno dopo io e Cardano andammo a rifugiarci nella biblioteca. Si stavano avvicinando le feste di Pasqua e la confusione a Villa Negromonte era insopportabile, e in quella stanza i trilli dei cellulari, le urla del vecchio Negromonte e gli strepiti di Miranda arrivavano ovattati. Sul tavolo che il Calebbano mi aveva indicato, avevo davvero trovato dei libri, e in un attacco di stizza li avevo buttati sul pavimento con una manata. Che si fottessero, i suoi riassunti idioti! Ma andando verso la finestra per guardare nel parco inciampai col piede in uno dei libri, e mi accorsi che era *America*. Raccolsi anche gli altri e li rimisi sul tavolo, rigirandomeli stupito tra le mani. Insieme a Kafka c'erano *Il manifesto del partito comunista*, una Bibbia, *Il crepuscolo degli idoli*, un volumetto di Confucio, *L'elogio della follia*, *La società dello spettacolo*, le opere complete di Wilde e l'*Apocalisse*.

Cardano era sprofondato nella poltrona in una nuvola di fumo, come se si fosse addormentato, e non sapendo che fare mi misi a sfogliare i libri. Le parole si animavano e scintillavano di vita propria, e cominciai a sottolinearne qualcuna con la matita, ridendo piano tra me. Quelle frasi erano la negazione del Calebbano, e sembravano una campana a morto per tutti i Negromonte. "Ti conosco meglio di quanto immagini, Roberto." Ma che pretendeva di sapere, se non mi conoscevo nemmeno io?

Cardano si disinteressava completamente delle mie letture, diceva solo che le feste di famiglia lo disgustavano e ogni tanto lasciava cadere frasi incomprensibili sul "più giovane dei Negromonte". Per il giorno di Pasqua sarebbe tornato Andrea, il ribelle di cui tutti evitavano di parlare davanti al vecchio Negromonte, e sul quale solo Ferdinando si era lasciato sfuggire qualcosa. "Quello è fuori razza, non si sa da dove è uscito. Però mo' che torna, 'o viecchio forse 'o perdona, e fa bbuono. Il sangue è sempre sangue, e comme dice 'o prèvete? Col figliuol prodigo s'adda tené pacienza, perché quello torna, torna sempre."

Il pranzo cominciò alle quattro, nel salone grande che dava su una terrazza a picco sulla città.

Dalla mattina presto tutta Villa Negromonte era stata investita da un'attività frenetica. Già nei giorni precedenti i furgoni frigorifero avevano trasportato una quantità di cibi da far sopravvivere un paese in tempo di guerra, i quarti di bue erano stati portati nelle cucine ancora gocciolanti di sangue, e erano arrivati i capponi vivi legati per le zampe con Miranda che li palpava rimandando indietro quelli troppo magri. Sugli agnelli, ancora con le teste e la pelliccia attaccata alle zampe, Miranda aveva esercitato un controllo rigoroso, e di un'intera partita aveva accettato alla fine solo dieci "crapettielle" del Matese. E a metà mattinata erano arrivati i furgoni col pesce fresco che avevano scaricato aragoste con le tenaglie legate che agitavano le antenne, polpi veraci che allungavano i tentacoli sulle braccia degli inservienti, taratufi e ricci di mare che Miranda aveva spaccato col coltello e assaggiato mentre si muovevano ancora, facendo cenno con la bocca piena che le ceste si potevano scaricare.

Tutto doveva essere "tradizionale", e su questo Miranda aveva avuto carta bianca, fino a poter licenziare due cuochi una settimana prima di Pasqua perché volevano inserire nel menu una torta francese che secondo lei con la tradizione non c'entrava niente. Aveva curato personalmente anche la disposizione dei piatti e delle posate, e fino ai minimi dettagli. I precettori avevano avuto il permesso di mangiare nel salone grande, ma dovevano stare in fondo alla tavola insieme ai ragazzi, per fare conversazione con loro. Ma la vicinanza dei posti al capotavola, dove si sarebbe seduto il vecchio Negromonte, era stata decisa dal Calebbano, che ne aveva disegnato su un foglietto la disposizione, riservando all'ospite del Nord e a sua sorella i posti d'onore.

Ci eravamo appena seduti quando le due porte del salone sbatterono e entrò Cardano. Era stretto in un abito dal quale fuoriusciva con studiata negligenza il lembo di una larga cravatta rossa, sulle mani aveva guanti chiari di capretto e portava un cappello morbido con la tesa. In mano teneva una rosa bianca che si portò alle narici e aspirò a lungo.

"Ma che è, Carda'? È già venuto Carnevale?"

Cardano ignorò lo Sciacallo, e gettò via la rosa con un largo gesto del braccio.

"Forza, chi è stato? Adesso voglio sapere chi è stato! Avanti, chi ha scritto CARDANO RICCIONE 'ncoppa 'a porta d''a stanza 'e lietto?"

Senza curarsi delle occhiate della moglie, indicava col dito ora uno ora un altro dei ragazzini: "Tu?... O tu?".

"Avanti! Alfredo Ernesto Che, sei stato tu? O 'stu cretino 'e Fabrizio..."

"Ma la finisci o no? Ti sembra il momento? Io non ho visto niente."

"Amalia, tu non fiatare! Avanti, nessuno parla?"

Ma mentre tutti lo guardavano e Ferdinando stava per alzarsi, Cardano scoppiò a ridere.

"Ignoranti, ignoranti e analfabeti! Mezzeseghe spirituali! Non sapete fare nemmeno la 'o' col bicchiere, e chi ignora l'ortografia dovrebbe essere ghigliottinato. Si scrive Carda-no ricchione, ric-chio-ne! Avete capito bene? Si scrive con l'acca! Eccolo, il risultato di un'educazione approssimativa, non sapete nemmeno insultare..."

"È artista, non ci sta niente da dire, avete visto come è artista? Quello Cardano è overo nu poeta!"

Mentre Ferdinando parlava, il padre fece il suo ingresso nel salone con la sedia a rotelle, e lui cominciò a battergli le mani.

"Un applauso per papà! Un applauso per il capostipite!"

Il vecchio Negromonte troncò l'applauso a metà, e si rivolse alla tavolata.

"Siamo riuniti per la santissima Pasqua, è nu grande giorno di festa, e noi doviamo..."

"Dobbiamo, papà, dobbiamo..." gli sussurrò Ferdinando, ma il vecchio alzò le spalle.

"Vabbuo', mo 'o Cardinale ci benedice, facite buona Pasqua..."

Mentre un uomo in giacca blu, ben rasato e pettinato con cura, si alzava, Cardano mi disse a voce bassa che quello era un cugino dei Negromonte, una specie di prete soprannominato "il Cardinale" che organizzava pellegrinaggi per conto della Fatimaviaggi, e il vecchio lo invitava perché gli piaceva sentirlo parlare. Il prete benedì la tavola con un piccolo aspersorio d'oro a forma di ramo di ulivo, e in mezzo ai battimani disse che in quel giorno in cui risorgeva la carne di Dio, era dovere di ogni vero cattolico fare onore alla carne terrena che i Negromonte imbandivano per gli amici fedeli. Poi Ferdinando presentò Marcello Delle Opere e la sorella Armida, si dichiarò onoratissimo per la presenza di due ospiti tanto illustri, e ricordò a tutti che quello era l'uomo che insieme al Presidente aveva liberato gli italiani dalla "mafia rossa".

"E allora io dico, viva Marcello Delle Opere! Un applauso a un uomo del Nord che ama il Sud!"

"Un criminale di mezza tacca che crede di fare l'elegantone" mi sussurrò Cardano all'orecchio. "Ma non sa farsi nemmeno il nodo alla cravatta."

"Francesco, e tu non fare l'insistente con la signorina, eh?" disse Ferdinando.

Lo Sciacallo finse di non aver sentito, e fece al fratello una smorfia che gli scoprì i denti fino alle gengive.

"Questa è una ragazza splendida, France', splendida! E non è cosa per te, hai capito?"

Armida arrossì lievemente per il baciamano di Ferdinando e fece con la testa un cenno di ringraziamento. Squillò un cellulare.

"Di chi è 'o cellulare? Non vi avevo detto che si dovevano stutare tutti i cellulari?"

Ferdinando si era rivolto al tavolo dei ragazzi, e per la rabbia non riusciva più a evitare il dialetto come aveva suggerito il Calebbano.

"Precetto', e allora? Che ti pago a fare, voglio sapé! Questa è l'educazione che ci dai?"

"Sorry, but I don't..."

"Ma che dice? Parla comme t' 'a fatto màmmeta! Adriana! Dove vai?"

Adriana si era alzata e stava rispondendo al cellulare.

"Papà, è Mirco! Per favore!"

"Aggio ditto... Ho detto che a tavola non si usa! Stuta questo coso o ti mando pezzendo!"

La ragazzina esitò un momento, poi si rimise a sedere.

"Dopo lo chiamo, però. Io c'ho dodici anni, hai capito?"

"Sì, come no, ma stai attenta che se no il moccio ti cade nel piatto."

"E a te chi ti fa parlare, Alfre'? Statti zitto che se no racconto tutte le schifezze che fai!"

"E quello che è?"

Ferdinando si alzò perché si era accorto che la figlia stava guardando un video su un orologio da polso.

"Quante volte vi devo ripetere che voi la televisione non la dovete guardare? Eh? 'O Calebbano dice che la devono guardare solo i coglioni, la televisione!"

"So' vivaci, eh? Ma quelli sono giovani, è il sangue malamente che deve uscire..."

La voce del vecchio Negromonte fece ritornare la calma a tavola, e la conversazione sembrò diventare più tranquilla. Il Calebbano e Delle Opere parlavano fittamente tra loro, e il Calebbano rispondeva solo a monosillabi a Ferdinando. Il vecchio socchiudeva gli occhi a ogni portata, e schioccava la lingua sotto il palato. Il vino che Cardano si versava e mi versava in continuazione, commentandone a ogni bicchiere l'aroma o il corpo, mi aveva già dato alla testa. Forse erano anche i grandi candelieri d'argento dove ogni tanto una candela fumicava, che mi toglievano l'aria, e mi stordiva il rumore delle voci che cresceva di minuto in minuto. Dopo due ore di antipasti di "vongole d' 'o Tirreno", di "purpetielli veraci", e di "ostriche 'e Lucrino" inframmezzati da prosciutti del Matese e insaccati di Benevento, arrivò la "minestra maritata".

"Guarda ccà, 'a menesta ammaretata!"

Una zuppiera di circa un metro di diametro fu scoperchiata su un carrello proprio dietro il mio posto.

"Ma ci hai fatto mettere tutta la roba originale, Mira'?"

Lo Sciacallo era un mangiatore implacabile, e si diffuse sulle segrete virtù afrodisiache della "minestra maritata" fatta seguendo la tradizione.

"E secondo te io so' scema, France'?"

"Ci hai messo le torzelle?"

"Come no! E pure 'o cavolo cappuccio, France'! E sai che altro ci sta?"

Trionfante, Miranda cominciò a contare sulle dita.

"Il salame di Sorrento, la testa di caciocavallo, 'o cappone casareccio..." Fece una pausa, emozionata. "E ce stanno pure 'e pezzantelle!"

"'E pezzantelle? Mira', tu si' nu genio!"

"Ma è mai possibile?" Cardano stava guardando l'etichetta di una bottiglia. "Il Lacrima Christi del Vesuvio 'ncoppa 'a menesta ammaretata? Arricchiti, sono arricchiti senza redenzione..."

Dopo la minestra maritata il chiasso a tavola era aumentato. I camerieri di colore si susseguivano veloci, con la livrea blu e argento dei Negromonte, e continuavano a portare piatti che ormai venivano solo assaggiati.

"Ma perché da voi ci sono tanti neri?" chiese Armìda.

"Perché noi non siamo razzisti, e poi le bianche sono così piene di pretese! Ma che si credono, che qua ci sta la cuccagna?"

"E le ucraine le avete provate?"

"E certo che le abbiamo provate!" E Amalia storse il naso. "Ma quelle sempre comuniste sono, si atteggiano che tengono la laurea e sembra che quando ti fanno qualcosa gli devi pure dire grazie."

"Che cosa ridicola! Ma se sono laureate perché non se ne restano in Russia? Così fanno la fame là."

"E infatti! Quelle fanno così per la schiattiglia, perché so' invidiose, tale e quale alle italiane. Però i trecento euro al mese se li sanno pigliare, 'e laureate! Altro che sfruttate e sfruttate come dice certa gente." E fece un cenno verso la moglie del Calebbano. Bianca fino a quel momento era rimasta zitta, limitandosi a qualche frase di cortesia, ma alle parole di Amalia scattò.

"Stai parlando con me? Perché allora fai nome e cognome..."

"Nun v'appiccecate, mo', iamme!"

"Si' 'na comunista!" gridò a un tratto Amalia. "E non capisco perché devo stare a tavola con una comunista."

"Certo non sono una fascista ignorante come te!"

"Ah, la signora è colta perché è di sinistra! E chi lo dice? Io pure, sono laureata, hai capito? E in casa mia ci sta la libertà di parola, qua i gulag non li teniamo..."

Alfredo aveva ascoltato la zia facendo grandi gesti di approvazione con la testa, e alzò la mano.

"Mammi', zia Amalia ti ha fatto. Pure papà dice che si deve essere forti, e il resto sono fesserie! Ma qua ci sta ancora chi non l'ha capito." E indicò con il dito il cugino. "Lo sapete che 'a fatto Fabrizio? Si è fatto picchiare senza reagire!"

"Io? E quando mai!"

"L'altro ieri, dal figlio di Omàr!"

"Spia! Si' 'na spia fetente, Alfre'!"

Ferdinando si alzò in piedi e corse verso il figlio, facendo cadere la sedia.

"Ti sei fatto picchiare? Ma comme, Mira'? Io lo chiamo come il grande Ruffo, e chillo se fa vàttere senza reagì? Ma allora questo è frocio, questo non è figlio a me!"

"Non dire così, Nando, può succedere..."

"Che può succedere? Può succedere un cazzo! Se fa vàttere 'a nu niro e non reagisce? E tu nun me chiammà Nando!"

"Ma tiene dieci anni!"

"E allora? Quello comincia così, e po' addiventa nu piezzo 'e mmerda che tutte quante 'o scamàzzano."

Ferdinando si stava avventando sul figlio, ma la moglie lo fermò.

"Ci stanno gli ospiti, Ferdina'..."

"Ma statte zitta, tu! Io 'o faccio a faccia a pallone! Sono le idee del cazzo di Cardano, 'a lezione 'e viulino, 'o precettore..."

Ma il ragazzino sollevò la testa e gridò tutto d'un fiato che lui a Omar gli aveva fatto spaccare la faccia. Aveva dato dieci euro a Sasà, e quello gli aveva "fatto uscire il sangue di bocca" per tre giorni.

"Che schifo! Questa è violenza, è solo violenza bruta..."

"Comuni', tu nun parlà!"

Ferdinando sentendo della vendetta del figlio sembrava essersi calmato. Intervenne Delle Opere, ridendo.

"Il ragazzino è sveglio, però. A che serve la forza bruta? Con il denaro si persuade meglio. Bravo Fabrizio..."

"Io, da grande..." La figlia del Calebbano era salita in piedi sulla sedia. "... Io da grande voglio fare l'avvocato, così mi faccio tanti soldini..."

"Brava a Elenuccia, guarda llà, tiene nove anni e già è accussì intelligente! Viene addó nonno!"

Il vecchio Negromonte tirò fuori dal taschino un libretto degli assegni e cominciò a scrivere.

"Viene a dà nu bacio 'o nonno, viene ccà, piccere'!"

La bambina corse dal vecchio, lo abbracciò e si mise a girare intorno alla tavola con l'assegno, facendo piroette e canticchiando "mi ha dato mille euro, mi ha dato mille euro!".

"Nonno, e a me quanto mi dai se ti dico un segreto?"

Era Iolanda, l'altra figlia di Amalia, e senza aspettare la risposta indicò col dito la cugina.

"Adriana tiene i giornaletti zozzosi! 'O no', Adriana ne tiene un cassetto pieno! Che mi dai? Che mi dai?"

"Non è vero! Non è vero niente! Sei tu e Alfredo, che tenete le riviste pornografiche, e pure i filmini!"

"Ma Alfredo 'e po' tené! Alfredo è omme!" Ferdinando si rivolse di scatto verso Cardano. "Si' tu! Sei tu che fai questo, tu hai corrotto pure i figli miei!"

Lo Sciacallo sghignazzò.

"I figli non si devono tenere, Ferdina', te lo dico sempre. E poi se nasce femmina che succede? Hai fatto la carne per gli altri?"

"Ferdinando, i ragazzi si picchiano! France', per piacere, corri!"

I ragazzini si stavano accapigliando, ma né Ferdinando né il fratello si mossero. Si sentì la voce piagnucolosa di Adriana che strillava "non è giusto, te ne sei approfittata, non è giusto!".

"E tu arrangiati! Chi si fa pecora 'o lupo s' 'a magna" gridò Ferdinando alla figlia. "Babbà, tu crire ancora 'a giustizia?"

"Non te l'hanno insegnato, al catechismo? Gesù ha scritto: 'Beati quelli che hanno fame e sete di giustizia, perché saranno giustiziati!'" gridò trionfante Amalia scatenando le risate. Delle Opere le batté le mani: "Brava, un bellissimo gioco di parole, brava!". Anche il Calebbano rise, e disse che i giovani dovevano sbattere la testa contro il muro, perché solo con l'esperienza si poteva imparare qualcosa. Poi guardò la moglie con aria beffarda.

"Chi di noi non è stato ribelle da giovane? Poi si matura..."

"Tu sei cinico, cinico e fascista! Ma io voglio ancora credere in qualcosa! A cosa credi tu?"

Lui? Lui credeva in tutto, perché non c'erano cose sbagliate a priori. A sua moglie piacevano i bei vestiti? E a lui piaceva pagare i conti delle boutique di lusso e delle sarte. La verità era che vestirsi bene piaceva a tutti, e allora perché si faceva rossa? E poi lui non era fascista, ma nemico di tutte le oppressioni, e credeva solò nella libertà. Ma lo Sciacallo agitò la mano, in disaccordo.

"Calebba', però Hitler era uno capace, nun dicimme strunzate! Quelli in Germania gli operai scialavano! Si compravano la macchina tutti quanti, e se non fosse pe' campe 'e concentramento..."

"Ma Hitler era un criminale! Vi rendete conto? State parlando di un criminale che brucia nel più profondo degli inferni!"

Alle parole di Bianca il Cardinale tossì, si schiarì la voce e disse che Hitler ora si trovava in paradiso.

"In paradiso? Ma questo è un pazzo! Fatelo stare zitto! Non sentite che dice?"

Forse noi non lo sapevamo, proseguì con dolcezza il Cardinale, ma nel suo bunker segreto a Berlino, Hitler si era sposato con Eva Braun. E se si era sposato, voleva dire che aveva ricevuto i sacramenti.

"E chi riceve i sacramenti, è liberato da tutti i peccati. Hitler è stato perdonato, e mo' sta in paradiso. Dio è amore, non odio..."

"E bravo il Cardinale! Ha parlato bene, è giusto, 'sta cosa del perdono dei peccati è grande! 'O pataterno adda perdonà! Che vuol dire che io sono un assassino o ch' aggio violentato 'e criature? Tengo il diritto a pentirmi, è giusto, Cardina'?"

Il Cardinale, che si stava pulendo con uno stuzzicadenti, socchiuse gli occhi e fece un cenno di assenso. Ma Ferdinando fece di no col dito.

"Sciaca', è inutile che ti illudi! Tanto a te non ti perdona nemmeno Maria Vergine in persona!"

Mentre tutti scoppiavano a ridere e lo Sciacallo replicava a Ferdinando dicendogli che era "una chiàvica", Bianca si alzò di scatto da tavola e senza dire una parola uscì dal salone. Proprio in quel momento, Miranda annunciò che stava arrivando "il capretto con le patate novelle", e si dovevano mettere tutti a sedere.

"Addó sta, Andrea? Non è sceso ancora."

"Ma stesse ancora durmenno, chisto?"

Non si erano ricordati di chiamare Andrea. Era arrivato quella notte e si era chiuso nella sua stanza senza salutare, fino a tardissimo avevo sentito anch'io risuonare sempre da capo per tutto il corridoio e le scale il finale del *Crepuscolo degli Dei*, poi non ci avevo fatto più caso. Ma ora per il capretto con le patate bisognava chiamarlo, anche a costo di svegliarlo.

"È una mente, quello Andrea è una mente. Peccato che..."

La frase di Ferdinando rimase sospesa, e lui si mise a tossire. Cardano allora, barcollando leggermente, si alzò in piedi e propose un brindisi. Bisognava festeggiare il ritorno del figliuol prodigo, perché forse proprio nel giovane ribelle a ogni regola si nascondeva l'anima vera della nostra vita degradata. In mezzo al chiasso che mentre lui parlava con il calice levato davanti al petto non diminuiva, Cardano continuò.

"Ventitré anni, dieci meno di Cristo quando morì sulla croce, e chi può sapere in dieci anni dove può arrivare un uomo intelligente? Ma forse non bisogna arrivare da nessuna parte. È vero, nello spirito c'è qualcosa di miserabile e di malato. E con questo? Io grido con orgoglio che la distruzione fu la mia Beatrice! Che cosa spinge un uomo a perdersi? Che cosa spinge l'artista verso veleni pericolosi?"

"Ma qua' artista, Carda'? Tu schiatti di salute, stai 'na bellezza e vuo' fà ll'artista? Ma tu dovresti essere patito, malaticcio, decadente! Ma qua' veleni pericolosi, Carda'? Tu t'abbuffe 'e ostriche comme nu puorco, e vuo' pure fà ll'artista?"

Cardano sembrò non essersi accorto dell'interruzione dello Sciacallo, e continuò.

"Qualcosa costringe gli uomini superiori verso ogni genere di abisso, verso la disfatta. Ma nella tenebra trovo il mio lume, non è forse vero? Dobbiamo essere grati alla vita anche se si fa beffe di noi, perché niente vale il minuto che passa, e la vita non è intelligente..."

Sull'ultima frase quasi gridata scoppiò un applauso, e tutti sollevarono i bicchieri per il brindisi. Cardano si guardò intorno come uno che si è appena svegliato, sollevò il bicchiere e versò il vino sulla tavola. Ma nessuno ci badò perché era entrato il più giovane dei Negromonte, e subito dietro di lui i camerieri con il sorbetto al mandarino.

"'O zi', 'o zi', che ci hai portato?"

"Le diapositive! Vogliamo vedere le diapositive!"

"Allora, frate', che ci dici del mondo?"

Ma Andrea non rispose né ai nipoti né alla domanda di Ferdinando, e accennando a un vago gesto di saluto, andò a sedersi nel posto lasciato vuoto da Bianca.

"Ha girato tutta l'Europa, sei mesi..." sussurrò Ferdinando a Delle Opere. "... Si doveva distrarre. È nu poco pazzariello, ma è guaglione ancora, si farà..."

Andrea Negromonte era alto e perfettamente proporzionato, con lunghi capelli castani che gli cadevano morbidi e ondulati fin sulle spalle come in certe statue di Dioniso. Addosso aveva una camicia aperta sul petto che lasciava intravedere una consunta collanina azzurra, e al lobo dell'orecchio sinistro un diamantino scintillante. Si muoveva con lentezza, come se fosse stato molto stanco, ma in ogni gesto che faceva si avvertiva un indefinibile languore sensuale.

"Gesù, Andre'! Ma quante fidanzate tieni? Qua sono arrivate un sacco di telefonate! Tu alle brave ragazze non le devi fare sceme..."

"Mira', tu statte zitta. L'omme adda fà l'omme..."

"È arrivato 'o sciupafemmine! Ma tu che capisci, Ferdina'? Allora, Andre', come sono le femmine all'estero?"

"Sciaca', sicuramente nun so' cesse come quelle che ti fai tu!"

Ridendo, Ferdinando spiegò che lo Sciacallo non si lasciava sfuggire "nisciuna fémmena nu poco cecata, scema, sturtarella", e sosteneva che proprio quelle più infelici erano le migliori a letto.

"Rire, tu, rire! 'Stu cretino ignorante! Ma che ne capisci tu, di psicologia femminile?"

Ferdinando poteva pure fare a meno di ridere, perché lui era orgoglioso di essere "un benefattore sessuale", e non capiva cosa ci fosse di male a fare un poco di carità.

"Don Cardina', ma voi lo sentite a questo benefattore sessuale? Tu si' sulo nu chiàvico che s'approfitta d' 'e fémmene, Sciaca'. Ma quale carità?"

Con la bocca piena il Cardinale scosse la testa, borbottando che "a caval donato non si guarda in bocca", e accennò a un gesto di assoluzione generale.

Andrea guardò Delle Opere che gli aveva chiesto già due volte che ne pensava dell'Europa come per mettere a fuoco un oggetto lontano, poi disse a bassa voce che l'Europa era morta e sepolta.

"L'Europa è fottuta, il mondo è fottuto, tutto è morto. Non c'è più niente che sia vivo..."

Allontanò la coppa con il sorbetto storcendo il naso, e stava continuando, ma all'improvviso tacque. Delle Opere posò il cucchiaino e si rivolse di nuovo a lui.

"Allora, tu pensi che dovremmo seguire una politica più autonoma, se ho capito bene. Insomma, allearci con gli americani..."

"L'America e l'Europa sono carogne fetenti, e puzzano, come puzzano i morti di tutta la terra. Forse ci vorrebbe la carità, ma anche la carità è morta..."

Il ragazzo fissò nel vuoto per un momento, poi abbassò gli occhi sul tavolo e si mise a giocherellare con un coltello. Cardano lo guardava fissamente seguendolo con gli occhi, ma non disse niente. A un tratto lo Sciacallo si batté la mano sulla fronte.

"Ama', a proposito 'e carità, hai fatto l'elemosina agli istituti dei poveri? Quelli se no ci buttano le bestemmie! Tanto scaliamo dalle tasse."

"Non ti preoccupare, France', è tutto a posto. E poi chiamali poveri! Alla fine in paradiso ci vanno loro, non è così?"

Il Cardinale si pulì accuratamente con il tovagliolo, e scosse la testa.

"Non è esatto, scusate. Il Vangelo dice che a chi ha sarà dato, e a chi non ha sarà tolto anche quello che aveva. È chiaro, no? Scusate..."

"'Stu Vangelo è overo grande, ci sta poco da fare."

"Ma non c'è anche scritto che i poveri sono beati?"

Il Cardinale fissò la faccia ironica di Cardano, e restò con la forchetta sospesa per aria.

"Sì, ma i poveri di spirito, hai capito? Non confondiamo, Cardano, non diciamo che Dio nun è Dio! È peccato..."

Guardavo i cadaveri di animali che mi passavano davanti annegati nelle salse o bruciati sulle griglie, e per non essere sommerso dalla nausea provai a ricordarmi le parole del Buddha sulla fraternità tra tutti i viventi. Ma la voce di Ferdinando mi fece sussultare.

"Guaglio', ma tu nun mange?"

"Quello è vegetariano, Ferdina'. Non mangia sangue..."

"Perciò sta accussì pallido! Quello il sangue rinforza, guaglio, tu 'e mangià."

Dal fondo della tavola arrivò la voce di Fabrizio che si rivolgeva a un precettore.

"Ma l'Europa sta a nord? Io mi pensavo che era n'isola..."

Ferdinando all'uscita del figlio sbatté il tovagliolo sul tavolo e cercò di nuovo di alzarsi.

"Ma allora chisto è scemo! E io che li pago a fare i precettori, eh? Ma che ce stanno 'mparanno a 'sti guagliune?"

"Si vede che hai voluto risparmiare" disse lo Sciacallo sghignazzando.

"Chiste sàpeno dìcere sulo dancscè, sivvuplé e daddi! Daddi? Daddi 'stu cazzo! Scusa, scusami Marce', ma questi mi fanno perdere la pazienza. È mai possibile che devo pensare pure a queste stronzate? Sciaca', mo' da oggi ai precettori li controlli tu!"

"Io? I figli sono tuoi, Ferdina'! E poi chi se li vede i progetti e tutto 'o riesto? Ma vavattenne, tu e 'sti precettori!"

Andrea si guardò di nuovo intorno, rapidamente, e sollevò leggermente le spalle. "È già successo tutto. Le colpe dei padri ricadono sui figli. Il sangue, è solo il sangue che conta." Ma parlò così a bassa voce che forse lo sentii solo io. Stava entrando una schiera di camerieri con dei grandi vassoi pieni di carne che depositarono sulla tavola coprendola tutta nel centro, e un odore acre di cipolla e di selvatico mi

67

invase le narici. Tutta rossa in viso per l'eccitazione, Miranda spiegò che quelli erano capretti autentici del Matese, macellati prima dello svezzamento e cotti nel forno a legna per farli restare teneri. Non erano mica come quelle pecore australiane congelate che si vendevano nei supermercati! Il vecchio Negromonte annuì, e socchiudendo gli occhi borbottò: "So' latte, questi qua so' latte".

"Ma qui a sud la carne è buona?"

"È buona? È buona? Marce', mo' te la mangi e vedi! Chisto te fa passà pure 'o cancro, chisto è n'ostia consacrata. Lo vedi il Cardinale comme sta magnanno?"

Il Cardinale si era riempito il piatto mentre gli altri parlavano, e in silenzio aveva cominciato a mangiare.

"Eh, 'o prèvete è buongustaio, mangia con le mani. Ma che aspettate? Papà, non ti hanno ancora servito? Mo' ci penso io..."

Ma mentre Ferdinando allungava le mani verso un vassoio, Andrea si alzò e fece un gesto come per chiedere attenzione.

"Che è, Andre'? Che è succiesso?"

"Vorrei dire due parole..."

"Bravo, bravo! Nu discorso? E bbravo 'o piccerillo. Uhé, statevi zitti, che Andrea adda fà 'o discorso 'e ringraziamento!"

Per la prima volta da quando era entrato nella sala, il ragazzo accennò a un sorriso che però si spense subito in un tremito delle palpebre.

"Un discorso, sì... Un discorso sulla sacra famiglia... Sulla resurrezione di Cristo..."

Per un momento Andrea sembrò smarrirsi, poi riprese a parlare con un tono di voce sordo che sembrava rivolto solo a se stesso.

"... È scritto che né il sangue né la carne potranno ereditare il regno di Dio, perché solo lo spirito è vivo..."

I ragazzi continuavano a gridare e a spintonarsi, mentre gli altri annuivano distratti. Bisbigliavano tra loro, coprendo a tratti le frasi di Andrea.

"... La tenerezza e la pietà voi non le conoscete. Che cosa conoscete oltre a questo mangiare, fottere e arricchirsi? Niente... Non avete mai fatto un gesto gratuito, una carezza per farla, un atto di carità se non per averne qualcosa in cambio! La vostra vita è solo violenza e sopraffazione... È la vita questa? Ma se questa è la vita, allora deve sprofondare tutta la vita, ora! Io vi rifiuto, io rifiuto questa famiglia di ipocriti e di servi!"

Le ultime parole risuonarono di colpo chiarissime nel silenzio improvviso.

"... Io non sono un Negromonte! Io non vi appartengo, non sarò mai più della vostra razza, mai più!"

"Ma chisto che sta dicenno? Ma è asciuto scemo?"

Andrea ignorò il fratello e riprese a parlare, ma ora il tono di voce era rotto.

"Voi vi mangiate il capretto? E magnatavillo, 'stu capro espiatorio!" Su quella bocca larga e rossa tagliata in una ferita sensuale, il dialetto suonò osceno come una bestemmia. "Benediciamo, benediciamo 'o capretto espiatorio! È tenero come il latte, 'a mamma si è mangiata solo erba! Com'era, Mira', com'era l'agnellino? Mira'! Il sangue scorreva sopra il pavimento? Mira', 'o sanghe era frisco? Ma che fa che è muorto! Tanto ci sta la resurrezione della carne, è overo Cardina'?"

Senza smettere di mangiare il prete annuì, cercando contemporaneamente di ingoiare l'enorme boccone.

"E allora festeggiamola, la santissima Pasqua, festeggiamo la resurezione di tutti i morti! Cristo è risorto, Cardina'? La carne risorge sempre? Risorge tutta la carne? E allora deve risorgere pure 'o capretto!"

A un tratto cominciò a balbettare, affondò le mani nel vassoio che aveva davanti e prese a gettare i pezzi di capretto davanti agli invitati. Le mani gli gocciolavano di grasso, e gridando continuava a gettare i pezzi di carne sulla tavola.

"Sta ccà, 'o capretto espiatorio! Non lo volete più? Mangiate, è buono, è piccerillo! Prendete, prendete e mangiatene tutti..."

Lo Sciacallo e Ferdinando erano balzati in piedi, con i tovaglioli che gli pendevano dal collo. I ragazzi strillavano e si lanciavano le patate.

"C'è venuta 'na crisi! C'è venuta n'ata crisi!"

Cardano assisteva alla scena muto, con gli occhi lucidi da ubriaco che scintillavano fissi sul ragazzo. Ferdinando buttò il tovagliolo per aria e corse verso il fratello.

"Ma io mo' ti piglio a schiaffi! Ma come? Il giorno di Pasqua? 'Stu scemo! 'Stu cretino!"

"Lascialo stare, Ferdina', lascio stà!"

"Che lascio stà, io l'aggia piglià a schiaffi!"

"'O zi' è scemo! 'O zi' è scemo!" gridavano eccitati i ragazzini in coro. Il vecchio Negromonte era arrossito violentemente e aveva fatto il gesto di alzarsi, poi agitò il pugno verso il figlio.

"Tu si' 'na munnezza! Tu nun me si' figlio cchiù! 'O paterno m'adda fà campà pe' te vedé muorto!"

"Papà, non ti agitare! Poi ti senti male! Calmati..."

La sala si era riempita di camerieri, era entrata anche Bianca e due uomini con le facce da delinquenti restavano indecisi sulla porta. Il chiasso era al culmine, quando il ragazzo con un gesto improvviso afferrò per il collo una bottiglia di vino e la spaccò sul tavolo.

"Chisto è pazzo!"

"Don Marce', scusateci, questo non doveva succedere..."

Solo il Calebbano aveva mantenuto la calma, e fece un cenno imperioso ai due che si erano fermati sulla soglia. Il ragazzo se ne accorse, e prima che quelli si muovessero, con un gesto maldestro si tagliò il polso in orizzontale con il pezzo di bottiglia che gocciolava ancora di vino.

"Né il sangue né la carne erediteranno il regno di Dio! Avete capito? Voi non mi potete fare niente!"

Sollevò il polso in aria, col sangue che scorreva sulla camicia.

"Io questo sangue lo odio! Il sangue di questa famiglia di merda io lo schifo! Io il vostro sangue non lo voglio, non lo voglio!"

"Fermi! Fermatevi, non lo toccate!"

Con un gesto veloce Bianca si era buttata addosso al ragazzo, gli aveva avvolto il polso in un fazzoletto, e ora lo stava tirando e trascinando verso la vetrata sulla terrazza. Andrea a un tratto si era afflosciato, e mormorava solo: "Non è mio! Questo sangue non è mio! Non è mio!". Approfittando della confusione la donna uscì con il ragazzo dalla sala sempre dicendo che non era niente, e ci pensava lei. Cardano poggiò le mani sulla tavola come per alzarsi, ma era troppo ubriaco, e ricadde pesantemente sulla sedia. Il Calebbano era diventato pallido, ma non si mosse. Strinse il coltello che aveva davanti come se volesse spezzarlo, ordinò ai due di tenere "tutto sotto controllo" e disse che nessuno si doveva alzare da tavola. Ferdinando e Amalia si erano precipitati dal vecchio, che sembrava si fosse sentito male.

"Papà! Papà!"

"Chiama un dottore! Un medico!"

"Ma qua' duttore! Sbuttona 'a cammisa, Ama', sponta 'o buttone 'e coppa, sto bbuono, sto bbuono! Lassàteme..."

Il vecchio li allontanò tutti con una spinta, e si rivolse ai camerieri urlando che non li pagava "pe' guardà 'o tiatro", e dovevano pulire e rimettere tutto a posto perché il pranzo continuava.

"Leva 'a miezo 'sta munnezza 'e tuvaglia, Mira'!"

Miranda dava ordini contraddittori ai camerieri, e con le

mani nei capelli ripeteva: "La tovaglia dell'Ottocento! La tovaglia buona di Fiandra!". Ma all'improvviso il vecchio sembrò ripensarci, e fermò Miranda con un gesto.

"Nu mumento! Aspettate nu mumento, lassate stà 'o vassoio ccà. Cardina', damme 'na custatella, ma adda essere tènnera."

Il Cardinale gli allungò una costoletta che prese dalla montagna che aveva davanti, il vecchio la morse e poi sputò il boccone a terra.

"Chill'omme 'e niente! 'A fatto fà friddo 'o crapetto? E io nun 'o lasso nemmeno ll'uocchie pe' chiàgnere! 'E capito, Cardina'? 'A fatto fà friddo 'o crapetto ch' 'e ppatane..."

Il Cardinale aveva ripreso a mangiare, ma il vecchio con le mani aperte a pala gli rovesciò il piatto addosso gridando. "E mo' che stai facenno? S' è fatto friddo, 'e capito o no? S'è fatto friddo pe' mezo 'e chill'omme 'e niente." Al gesto del vecchio Negromonte i figli e i nipoti scoppiarono a ridere applaudendo, i camerieri avevano già cambiato la tovaglia e il pranzo riprese.

"Oggi è festa! Avete capito bene? È festa e voglio vedé 'e facce cuntente, perché oggi è Pasqua!"

Io sedevo intontito al fianco di Cardano, e sentivo di essere arrossito. Il caldo ormai era insopportabile, e tutti giravano le dita nei colletti alla ricerca di un sollievo.

"Papà, sono quasi le undici. Io propongo di spostarci sulla terrazza."

"Tu che ne dici, papà? Fuori ci sta un poco di aria, qua si muore!"

Ma sopra alla terrazza, si informò il vecchio, avevano fatto costruire il bungalow? E il termometro che temperatura segnava?

"È tiepido, papà, ci sta l'aria di primavera..."

Ma i gradi, quanti gradi c'erano? Ventidue? Allora non se ne parlava, il discorso era chiuso.

"Ma ci sta l'orchestra, fuori..."

"Mannaggia a te, Mira', doveva essere una sorpresa per gli ospiti!"

Allora la facessero entrare, l'orchestra, che dentro la musica si sentiva pure meglio. Poi, il vecchio si incupì e tacque. Sembrava essere stato colto dal sonno perché teneva le palpebre semichiuse, ma picchiava le nocche sul tavolo a intervalli regolari. Intanto era entrata l'orchestra, e ora il salone era pieno di musica. Gli ospiti volevano sentire "qualche bella canzone napoletana", e subito la cantante attaccò 'O sole mio. Ferdinando invitò Armida a ballare, e Marcello fu tirato in mezzo al salone da Amalia. I camerieri continuavano a servire piatti che non riuscivo nemmeno più a guardare, finché arrivò "la bella pastiera".

"Prendi il coltello, Miranda, così la taglia papà..."

Il vecchio non si mosse, allora lo Sciacallo si alzò e stava per tagliare, quando Ferdinando gli tolse il coltello di mano e lo affondò nella pastiera come un pugnale.

"Songh'io 'o cchiù gruosso, 'e capito? Non lo fare mai più, o si no te schiatto 'a capa!"

Ora il tavolo era circondato da carrelli stracolmi di dolci e gelati, bottiglie di liquori e passiti, spumanti e champagne. Il Cardinale continuava a mangiare compassato e metodico, accettando tutto quello che gli mettevano davanti perché ormai non era più in grado di rifiutare. Tutti erano costretti a parlare a voce altissima per farsi sentire, e le parole venivano risucchiate e coperte da 'Na tazzulella 'e cafè e Il bel Danubio blu. Con voce impastata Cardano ripeté più volte: "Ma che ci faccio io qui?". Adesso lui si alzava, fermava la musica e gridava in faccia a quei maiali che la loro vita era condannata alla meschinità. Che riscatto ci poteva essere per quei cafoni eterni? In quella famiglia solo Andrea era stato "toccato dallo spirito", ma dove sarebbe finito? Cardano aveva gli occhi arrossati come uno che sta per piangere, e gocce di sudore gli cadevano sulle guance.

"Ora mi alzo! Ora mi alzo e li umilio a tutti quanti..."

Ma mentre stava per alzarsi un colpo fece tremare tutto il tavolo e il vino gli si rovesciò addosso. Il vecchio aveva battuto i pugni sul tavolo e aveva gridato: "Basta!".

"Tutte quante zitte, zitte! No, tu sòna, diretto', sòna..."

Dov'era Iolanda? Dove si era cacciata, la nipote? Mentre Cardano si sfregava disgustato i pantaloni con il fazzoletto, Miranda spinse avanti la ragazzina. L'orchestra suonava piano, una marcetta che non conoscevo.

"Addó sta Iolanda? Falla venì... Ah, stai ccà, piccere'... Abballa, mo', abballa nu poco pe' mme..."

Il vecchio aveva infossato la testa nelle spalle, e parlava fissando il tavolo. "Nuie simme sulo munnezza, lui il sangue mio lo schifa? Sì? E tu me fusse figlio a me?" A un tratto si raschiò la gola e sputò.

"Io te sputo 'ncoppa! Io te schifo! Salomé, abballa, abballa pe' mme!"

Ora si rivolgeva a Iolanda, che si era tolta il corpetto e era rimasta con un abito di raso che le scopriva le spalle e il petto acerbo. Si liberò delle scarpe, unì le mani sulla testa e cominciò a ballare su un ritmo lentissimo di bolero.

"Sunate, sunate cchiù forte! Accussì, accussì! Abballa, Salomé, abballa! T' 'a port'io, 'a capa e chill'omme 'e niente 'ncoppa 'o piatto! Abballa, abballa ancora, Salomé!"

Cardano era rimasto col tovagliolo in mano, immobile. Iolanda si muoveva sinuosa, lenta e sapiente come una vera danzatrice. Il vecchio aveva gli occhi rossi, e batteva in cadenza le grandi mani pelose sopra la testa.

"Abballa pe' mme, Salomé, abballa p' 'o sanghe tuoio... Sbattete, sbattete le mani! 'O capretto nun è buono? 'O capretto caccia 'o sanghe? Sì? E io 'o taglia 'a capa, 'a chill'omme 'e niente! Che aspettate? Sbattite 'e mmane! Abballa, Salomé, abballa pe' mme!"

I movimenti della ragazzina diventarono più veloci, più intricati. Tutti ora cercavano di seguirla con il battito delle mani, il vecchio Negromonte gridava che le dava i milioni, che tutti si dovevano divertire, che oggi "bisognava sciala-re", perché era festa.

Abbandonato sullo schienale della sedia sprofondavo nell'ansimare dell'orchestra che cresceva, si avvitava, mi sommergeva. Ma in mezzo agli attimi di vuoto, tra i battiti delle mani e la voce del vecchio che ripeteva "abballa, Salomé, abballa" mi sembrò di sentire lontano, molto lontano, la musica del *Crepuscolo degli Dei*, quando tutto annega definitivamente nella distruzione. Allora, senza muovermi, stringendo le mascelle fino a sentirle scricchiolare, pensai che non sarei riuscito mai più a chiudere gli occhi.

"Non sono stato io, non sono stato io! Papà, nun so' stat'io!"

Fabrizio, a mani giunte, scongiurava il padre di non fargli niente. Poi si mise una mano sul petto tenendo l'altra sollevata per aria.

"T' 'o giuro, papà, te lo giuro! Te lo posso giurare pure su Dio! Domenica mi sono preso la comunione..."

"La comunione? A te Dio nemmeno ti conosce, e non ti sente, perché si' nu miserabile e nu buciardo!"

Ferdinando aveva pescato il figlio con una rivista porno, e adesso gli stava impartendo "la punizione educativa".

"Tu non tieni dignità, tu sei un mollusco, 'na fetenzia r'omme! E mo' t'aggia vàttere!" E cominciò a sfilarsi la cinghia dei pantaloni.

"Papà, non lo faccio più! Non lo faccio più! Perdono!"

"Ah, mo' hai confessato, mo'! Buciardo! Preparati, che io ti educo secondo giustizia."

"Non è stato lui, mister Negromonte, le posso assicurare che vigilo io per..."

"Ah, ccà ce sta pure 'o precettore che vigila! Mistèr comme cazzo te chiamme, e tu da dove sei uscito, eh? E chi te fa parlà, a te?"

Ferdinando, con la cinghia che gli pendeva fino sulle scarpe, lasciò il figlio che teneva per il polso e si rivolse al precettore tirando fuori dalla tasca posteriore una rivista.

"E 'stu book che è, secondo te, eh? Cheste che so', prufesso'? So' zizze, so', 'o ssaie o no?"

Aveva cominciato a sfogliare la rivista, strappava le pagine e le buttava in faccia al precettore.

"E 'sta rrobba che è, precetto'? 'Non è suo, il ragazzino è innocente, 'o boy nun 'a fatto niente!' Queste sono le lezioni che ci fai imparare tu?"

Il ragazzino ora puntava il dito contro il precettore e si batteva il petto con l'altra mano.

"Te lo giuro, papà, t' 'o giuro! Quello non ci impara a parlare l'inglese, ci fa leggere i libri!"

"Che fa, 'stu strunzo?"

"Papà, me fa 'mparà 'e poesie!"

"Comme? E io che ti avevo detto, precetto'? Niente poesie, o si no viene frocio come Cardano! E allora io mo' ti spacco la faccia a te, precetto', mo' ti do la punizione educativa! No, io nun te faccio arrestà, io t'accire ch' 'e mmane mie! E voi che guardate a fare? Lo spettacolo è finito, trasitavenne!"

E a un tratto Ferdinando si girò rapido su se stesso e colpì al basso ventre il precettore di inglese con un calcio fortissimo.

"Sorry, eh? 'O sorry 'e chi t' 'e mmuorto! Io 'o ssapevo che era 'na strunzata 'stu fatto del precettore, e mo' t'aggia vàttere!" E si sfilò completamente la cinghia. Proprio in quel momento comparve il Calebbano.

"Ma che stai facendo? È tardi e tu ti metti a giocare? Avanti, andiamo che ci aspettano. Lassa stà, che Fabrizio ti ha fatto fesso un'altra volta. E po' è guaglione, e secondo te non si deve sfogare?"

"Tene dieci anni, Calebba'!"

"E tu a dieci anni che facive, Ferdina'? Muoviamoci, forza, e nun fà 'o ridicolo."

Si chinò all'orecchio del fratello e gli sussurrò qualcosa.

Ferdinando lo ascoltò sfogliando la rivista con un gesto meccanico, annuì e si riallacciò la cinghia.

"Con voi facciamo i conti dopo. A te, niente paghetta..."

"Papà, no, pe' pietà! È stato lui! È stato 'stu cesso!"

"E a te, precetto'! A te..."

Ma non riuscì a concludere, e agitò solo il pugno chiuso verso il precettore.

"Cammina, Ferdina', che se no rimaniamo imbottigliati nel traffico."

Il Calebbano diede un buffetto affettuoso al nipote, e cominciò a scendere. Ferdinando guardò ancora il mazzetto di pagine che teneva fra le mani borbottando "non tengono moralità", e dopo averle piegate se le rimise in tasca e ci seguì.

Secondo Ferdinando il progetto per *Eternapoli* andava avanti benissimo, eravamo solo all'inizio e tutta la città era già un grande cantiere. Seduto a un tavolino intento a studiare una cartina consunta lo Sciacallo annuì, ma a una curva più stretta il pulmino quasi sbandò, e Ferdinando si mise a gridare.

"Ciru', vai più piano! Tu accussì mi scassi il Mercedès..."

Era una meraviglia, quel pulmino, no? Lui lo aveva fatto costruire in Germania su un'idea sua, perché le macchine piccole gli facevano schifo, e aveva detto alla Mercedes che doveva stare comodo. "Volete il divanetto di pelle? Ja, ja! Vi serve il tavolo di marmo? Ja, ja! Desiderate due piani, le sospensioni delle navicelle spaziali, i vetri indistruttibili così non vi sparano da fuori? Ja, ja, ja!" Quelli i tedeschi erano duri di testa, però lavoravano con coscienza, e nel pulmino ci avevano messo pure le piante. Lui non voleva diventare impotente per colpa dell'aria inquinata, e ai tecnici aveva spiegato che le piante erano indispensabili per la salute.

"Com'è, il fatto della funzione clorofilliana? Le piante si

zúcano l'anidride carbonica e rilasciano ossigeno, no? E io respiro aria buona!"

Ferdinando si mise a respirare colla bocca, soffiando e ripetendo che lui dell'inquinamento se ne fotteva, e che l'aria fetente era per i pezzenti morti di fame, finché il Calebbano non gli disse di finirla e di vedere piuttosto come passare per i vicoli con quel bestione. Ma Ferdinando scoppiò a ridere. E qual era il problema? Ci stava Ciro a guidare, e poi il Mercedes era progettato per passare pure dentro a una fogna. Ma arrivati a via Duomo, lo Sciacallo fece segno di fermare.

"Qua non va... Non ci siamo..."

"Che è, Sciaca'? Guarda che stanno a faticà seguendo il progetto."

"Sì, perché secondo te scavi sotto al Duomo, trovi le rovine romane e hai fatto! Non ci siamo, siamo lontani, lontanissimi... "

Ma quante volte lo doveva dire che la città doveva essere ridisegnata come se ci fosse stato un bombardamento? Doveva venire fuori Neapolis, intera! E se non si riusciva a trovare più niente di intatto, allora bisognava ricostruirla uguale a quella antica, anzi più antica di prima. E invece lui non vedeva niente di buono, là. Ma come, corso Umberto stava ancora aperto, e funzionava? Ma là si doveva scavare per trovare l'ippodromo romano!

"Tra piazza Nicola Amore e via Duomo, sta là! E il ginnasio? E lo stadio? Qua si deve buttare tutto a terra, radere al suolo..."

Scuoteva la testa, scontento. Ma Ferdinando che faceva, dormiva?

"Ciru', fai il giro, per piacere. Sciaca', mo' controlliamo tutto il cantiere di Neapolis, si' cuntiento? E l'ippodromo a piazza Nicola Amore lo facciamo, e facimmo pure 'o stadio a corso Umberto, nun te preoccupà! Però mo' fammi il piacere, spiega il progetto a Marcello, forza."

Lo Sciacallo si lisciò i baffetti e sorrise. Tutto era nato

dall'idea che la Napoli vera fosse quella antica, la città che giaceva ancora nel sottosuolo. Ma alla parola "sottosuolo" si udì una specie di prolungato grugnito, e un pugno sbattuto sul clacson.

"Non vi preoccupate, è Ciruccio, fa accussì perché è nu poco fissato..." E Ferdinando si toccò la testa. "... Poi però gli passa. Certe parole 'o disturbano, e allora grida, ma è nu guaglione a posto."

Il ragazzo stava con lui già da tre anni. Il padre lavorava in nero per la famiglia, e quando era affogato nella vasca della calce, la moglie li aveva pregati in ginocchio di assumere il figlio. Quello il ragazzo aveva passato una brutta storia di amicizie sbagliate, e lo avevano dovuto ricoverare sei mesi nel manicomio. Prima teneva ancora i tic, faceva la mossa di sparare, e all'improvviso si metteva a urlare: "L'energia! 'O labirinto! Facimme l'uómmene!". Ma dal manicomio era uscito che non parlava più, e lui per fare un'opera buona se l'era preso come autista. E poi Ciro si era affezionato assai a Andrea, l'unico che capiva veramente i suoi grugniti da idiota. Perché Ciro pareva ritardato, ma Andrea si era accorto che sapeva risolvere le equazioni meglio di un professore, e giocava benissimo a scacchi. E che forza che teneva! Quello se si innervosiva era capace di strangolare un mastino con le mani, ma noi non ci dovevamo preoccupare di niente, perché Ciro con lui era "nu piezzo 'e pane".

"Allora, Sciaca', che stavi dicendo?"

Stava dicendo che doveva venire alla luce tutta la Napoli antica, perché la vera ricchezza della città era il suo passato.

"Ricostruiremo pietra su pietra tutto quello che c'era prima, guardate, guardate là che meraviglia! Là..."

Dove eravamo finiti? Sembrava la zona dell'Anticaglia, ma non c'era più traccia del Policlinico. Mi guardai attorno, smarrito. Davanti a noi si innalzava una costruzione circondata dalle impalcature che somigliava a un Colosseo perfettamente conservato. Anche Cardano, che fino a quel momento si era limitato a fumare e a scuotere ogni tanto la testa, si alzò a guardare con la sigaretta che gli pendeva tra le dita e mormorò stupefatto: "Ma è l'anfiteatro!".

"È esatto, Carda', vedo che sei preparato. Non è una meraviglia? Tutto rifatto come Dio comanda, colle strutture di cemento armato, ma tale e quale a quello originale..."

Avevano sbagliato tutto, i suoi colleghi. Mantenimento dell'esistente? Restauro integrativo? Cazzate da studiosi vigliacchi, senza idee! Si doveva ripristinare "tutto uguale a prima", e come dentro un enorme parco tematico, ricostruire la vita di un tempo.

"Mi sembra interessante, molto interessante. Ma la gente che ci abita? E il commercio?"

Il commercio? Ma là tutto sarebbe stato commercio! Si rendeva conto, Marcello, di che cosa significava una città intera come un enorme museo vivente?

"Vivente, vivente! Il Calebbano tiene ragione, di lavoro ce ne sarà per tutti. Comme, a fà che cosa?"

Lo Sciacallo si alzò di scatto facendo cadere la sedia, e allargò le braccia.

"A recitare se stessi in un museo perpetuo..."

Bisognava ricostruire la vita dell'antica Neapolis, della città angioina e della città spagnola, e su quei palcoscenici far recitare la storia. Non capivamo?

"Ma sarà tutto finto! Soltanto un'illusione..." gridò Cardano.

"Finto? E che vuol dire, finto? E poi non sei tu che dici sempre che non è l'arte che imita la vita, ma la vita che imita l'arte? E allora che vuo'?"

Il Calebbano aveva parlato rivolto a Cardano, e continuò.

"Non hai detto sempre che Nerone era un grande artista e che gli artisti avevano da vivere solo la loro indegnità?"

Cardano si morse le labbra, e si accese un'altra sigaretta.

"E allora ti facciamo fare Nerone nell'anfiteatro, con la lira e la corona di alloro! Che, l'arte mo' non ti piace più?"

"E dopo ti andrai a lavare alle terme di vico Carminiello, o nel calidarium a via Donnaregina Nuova..."

"Sciaca', e che si fa, Cardano? 'A doccia co' bagnoschiuma?"

"No, si farà un bel bagno di vapore dentro alla sauna, accussì dimagrisce nu poco!"

Cardano alzò le spalle sprezzante, e lo Sciacallo continuò. La città avrebbe impersonato la sua storia, e tutti gli eventi più importanti sarebbero stati recitati negli anniversari. Il terremoto distruggeva tutto? Il teatro crollava? Sprofondava? E loro lo ricostruivano, e recitavano pure il terremoto! Il lavoro? Ma là ci sarebbe stato lavoro a vita! Non capivamo? Distruggere per costruire e costruire per distruggere, era questa l'economia del futuro.

"Scassà pe' costruì e costruì pe' scassà! Si' nu genio, Sciaca'!"

Bisognava vendere l'esperienza reale di mondi che non esistevano più. La gente non doveva soggiornare all'Hotel Neapolis, ma vivere a Neapolis. Non avrebbero comprato solo l'anforina greca e il presepe del Seicento, ma un'esperienza indimenticabile. Ma per realizzare *Eternapoli* i Negromonte dovevano avere le mani libere per governare. Lo Sciacallo era balzato in piedi eccitatissimo, e voleva spiegare a Marcello come sarebbe stato "il nuovo regno", quando Ferdinando gli fece cenno di rimettersi a sedere gridandogli di non dire stronzate. No, Marcello non si doveva preoccupare, nessuno aveva intenzione di far tornare i Borbone. E che, erano usciti pazzi?

"Ma qua' Borboni? Ma qua' nobiltà d' 'o cazzo? Noi siamo moderni, e simmo nuie, 'a nobiltà! 'A nobiltà d' 'e figlie 'e zoccola, Marce', quella che non schiatta mai!"

Ferdinando aveva ragione, disse il Calebbano. Lo Sciacallo si divertiva con quella "pazziella del regno", ma era solo per fare un po' di scena. Il potere centrale, l'esercito e le televisioni nazionali restavano nelle mani del Presidente, il governo dava il Sud in concessione ai Negromonte e agli altri imprenditori, e in cambio riceveva la massima fedeltà. Era una forma di outsorcing, no? Quello che prima l'azienda faceva da sola, ora lo lasciava fare a altri. Non era quello, il progetto del Presidente? L'Italia in outsorcing avrebbe realizzato il passaggio definitivo a una società in cui chi produceva la ricchezza si assumeva anche il peso di governare.

"Marce', tu dici che poi l'Europa rompe il cazzo? Ma se l'Europa ci dà i soldi, va bene, o se no facciamo la Svizzera napoletana! 'E banche c' 'o segreto, 'o dollaro, e nu grande paraviso fiscale! E che? 'O Canton Ticino fosse meglio 'e Surriento? Noi facciamo una grande rivoluzione..."

"Ma quale rivoluzione? Questo è di nuovo il feudalesimo! Voi state pensando di rifare il feudalesimo..."

Cardano aveva parlato quasi tra sé, ma lo Sciacallo lo aveva sentito.

"E allora che ci tieni da dire? Devono pagare l'aria che respirano, e 'anna fà pure 'e corvée! È giusto, Calebba'?"

Sì, avrebbero fatto anche le corvée, e tutto quello che serviva a una società razionale. Ormai la gente era stanca di disordine, e sarebbe stata felice di vivere per lavorare. Ma chi poteva avere davvero la forza di imporre un ordine nuovo? Solo gli uomini onorati che erano sopravvissuti ai processi politici e alle persecuzioni giudiziarie, capaci di resistere in segreto e di mantenere il rispetto per le gerarchie. Sarebbero stati loro i valvassori moderni che avrebbero imposto le tasse, fornito i servizi e amministrato la giustizia. Il mondo andava avanti, quello che oggi era considerato illegale domani sarebbe stato legale, e bisognava essere pronti a assecondare il progresso.

"È esatto, Calebba'! Il mondo va avanti, e noi assecondiamo il progresso. 'O giudice ce rompe 'o cazzo? E nuie arrestammo 'o giudice! Si' grande, Calebba'..."

Delle Opere annuì eccitato, si aggiustò gli occhiali sul naso, e mormorò: "Non ci fermeranno, perché noi lavoriamo per la Storia!". Il Calebbano continuò, dicendo che finalmente l'idea arcaica dei diritti dell'uomo era morta e sepolta, e la gente invocava nuovi diritti. Anche i vecchi lavoratori erano morti, e al loro posto sorgevano gli individui liberi dell'economia a spaghetti. Avevamo mai visto un piatto di vermicelli? Con i fili di pasta tutti nello stesso sugo? Intrecciati tra loro in una sola matassa? Era questa, la nuova economia. Ogni famiglia diventava una fabbrica, ogni singolo un'azienda, e tutti vendevano e compravano qualcosa da qualcuno. Non era semplice?

"Ma non ha senso! E chi non tiene niente, che si vende?" Ferdinando mi guardò con disgusto.

"Chi non tiene niente? Vuol dire che nun sape fà niente, e allora si fotte! O si no, se vénne a mugliera! Se vénne 'e figlie! Tu nun te preoccupa', Robe', con un poco di buona volontà qualcosa da vendere si trova sempre..."

"Non è vero, non è possibile, il popolo si ribellerà... La gente è abituata alla libertà, a pensare quello che vuole... Non accetteranno mai questo medioevo del cazzo!"

"'O popolo? Robe', ma tu allora si' scemo overamente. 'O popolo nun vo' penzà, Robe', vo' sulo magnà!" E Ferdinando si picchiò sul ventre con le due mani. "E nuie 'e facimmo abbuffà fino all'uocchie, li facciamo schiattare dentro al benessere!"

Il popolo se ne fotteva, della politica. I figli volevano il motorino e il cellulare, le mogli la pelliccia e la vacanza, i mariti l'amante e i filmini porno. E non si sarebbero fatti uccidere, per una villetta al mare? E l'avrebbero avuta, ne avrebbero avute a milioni, due metri cubi di cemento sulla sabbia non si negavano a nessuno.

"E poi noi il popolo lo educhiamo. Ce dammo 'o Stadio, 'o Teatro, 'e Saune, che ato vonno? Rompono sempe 'o cazzo che non vogliono essere licenziati, che il lavoro è un diritto, sì? E noi ci diamo il lavoro a vita! E mo' che è, Ciro? Perché ti sei fermato? Ti ho detto vai!"

In quel momento una sassata scheggiò il vetro in direzione del Calebbano, poi una grandinata di pietre si abbatté sul pulmino. Ferdinando sembrava aver capito che cosa stava succedendo.

"So' chilli muccusielli, è chella munnezza 'e dinto 'e fogne! Ma che vonno fà? L'intifada d' 'e muorte 'e famme? Scamàzzali, Ciru', chiste so' carne 'e maciello!"

Ma forse perché non aveva sentito l'ordine, l'autista stava già facendo marcia indietro a velocità indiavolata per San Gregorio Armeno. La gente si buttava nei portoni, il pulmino sfiorava le pareti mandando scintille, e lo specchietto retrovisore si spaccò.

"Ma che stai facenno, Ciru'? Addó vai? Tu l' 'e scamazzà! Che vi credete di fare, coglioni?"

Ferdinando aveva aperto un finestrino, e levando il pugno si era messo a gridare a squarciagola. Poi reggendosi ai sedili cercò di arrivare al posto di guida, urlando all'autista che non aveva capito niente. Sempre in una frenetica marcia indietro che ci sbatteva contro i finestrini e uno addosso all'altro, percorremmo un tratto di San Biagio dei Librai e sbucammo a via Duomo.

"Comme aggia fà? Chisto è pazzo, 'a capito tutto 'o cuntrario!"

Ma lo Sciacallo gli disse di lasciar perdere, e spiegò a Delle Opere che quelli che ci avevano aggredito erano solo "quattro chiachielli" che non avevano ancora capito dove girava il vento. In certe zone riuscivano ancora a comparire a un tratto e a dissolversi nel nulla, perché il loro capo conosceva bene la città. Sì, era Federico Scardanelli, l'ex consulente del Centro per l'Ambiente e le Opere Sociali. Liquidato dal CAOS già prima di *Eternapoli* perché si era permesso di denunciare i Negromonte, l'archeologo era scomparso improvvisamente, e pareva che ora capeggiasse un pugno di studenti coglioni che si opponevano al progresso.

"Quel chiàvico la città sotterranea la conosce come le sue tasche..."

Ma le parole dello Sciacallo furono coperte da un mugolare bestiale e prolungato che proveniva dal posto di guida.

"Turnammo, Ciro, e vai per il museo. E calmati, guaglio', o se no ti faccio chiudere! 'E capito? Ti faccio chiudere un'altra volta dentro al manicomio! E comunque, a 'stu strunzo 'e Scardanelli 'o pigliammo. Non tiene futuro, l'archeologo d' 'o cazzo, non tiene futuro!"

Il Calebbano interruppe Ferdinando con un gesto sprezzante, e disse che Scardanelli contava come il due di briscola. Voleva resistere? Che idiota! Non si rendeva nemmeno conto che la sua opposizione serviva, e che anche lui lavorava per il nuovo ordine. E poi chi lo poteva seguire, a uno così? La gente lo avrebbe consegnato a vista, perché a parte la taglia di cinquantamila euro, lo consideravano solo uno che voleva togliere il pane di bocca a loro e ai loro figli. E Scardanelli e i falliti che cianciavano contro la risorsa del lavoro nero e della mobilità definitiva, sarebbero stati spazzati via proprio da quel popolo con il quale si sciacquavano in continuazione la bocca. Lo sviluppo ragionevole, la città a misura d'uomo, la scuola della legalità! E chi lo stava a sentire a uno che si metteva a citare Goethe? Era una mosca, e le mosche si sopprimevano! Ma mentre sembrava che stesse scoppiando a ridere, il Calebbano fu afferrato di colpo da una rabbia gelida, e stringendo il pugno cominciò a parlare in dialetto.

"Scardanelli è sulo nu piezzo 'e mmerda! Campa ancora, Scardane', campa ancora! Perché tu devi piangere tutte le lacrime che tieni 'ncoppa a 'sta città! 'A cultura? 'A giustizia? E come no, ve la daremo, ve ne daremo tanta che piscerete sangue..."

"È giusto! 'Sti comunisti 'e mmerda! 'Anno cumannato sempe lloro, ma mo' è il nostro turno! L'avimma fà 'o mazzo tanto!"

"Bravo! Non contano più niente, è cominciata l'epoca nuova!"

"Non è mai cominciato niente, idioti." Ormai eravamo arrivati a Villa Negromonte, e nella frenata che fece slittare le gomme sulla ghiaia, il sussurro di Cardano non lo sentì nessuno.

Quella notte alle quattro mi svegliai strangolato dalla paura, mi buttai fuori dal letto col sudore che si gelava addosso e corsi sul pianerottolo. Improvvisamente avevo sentito nella stanza la presenza di un estraneo, di un altro. La paura mi soffocava, ma rientrai dentro e accesi tutte le luci. Col cuore che mi saliva in gola, frugai sotto il letto, spalancai l'armadio e buttai per aria tutti i cassetti. Dov'era? Chi era? Cercai con tutte le mie forze di non perdere completamente il controllo, e aprii la finestra. Non c'era nessuno, solo l'acqua delle fontane che cadeva nelle vasche e il rumore di passi dei guardiani sulla ghiaia. E a un tratto pensai che ero io, quello che avevo sentito nel letto come un estraneo. Per tranquillizzarmi provai a ricordare qualche versetto della *Bhagavadgītā*, ma mi venivano sulla bocca solo parole insensate. Tremavo, e ebbi l'impressione di scorgere una faccia che rideva con gli occhi coperti da qualcosa che sembrava una maschera proprio dietro la mia spalla sinistra. Mi voltai di scatto per vedere meglio, ma non c'era più nessuno. Girai ancora per la stanza sudato e nervoso, finché i piedi scalzi non cominciarono a farmi male, e verso le cinque caddi in un leggero assopimento. Chi era? Non lo sapevo, e l'unica cosa che volevo era che si facesse presto giorno.

Cardano era entrato da me agitando tra le dita un modellino di ascensore aperto che somigliava a una gabbia imbottita di velluto.

"'E capito Robe'? 'Stu viecchio è scemo, questo è uscito pazzo! Ma tu capisci? 'O montacarichi dentro a un palazzo del Settecento? Dice che lui deve salire e scendere, deve controllare se le porte stanno sempre aperte, e gli inservienti sono lenti..."

Il vecchio si era fatto costruire un modello di ascensore aperto che doveva portarlo dalla cantina alla soffitta, e voleva far allargare i pianerottoli e mettere al posto delle scale dei piani inclinati su cui poter passare con la sua carrozzella. Ma oltre che dal progetto del montacarichi, il vecchio era ossessionato dalla debolezza dei nipoti. Non si capacitava che il sangue suo dovesse studiare quell'immondizia di lingue "forestiere", e era convinto che a furia di erre moscia i nipoti sarebbero diventati tutti froci. Li metteva l'uno contro l'altro per fargli capire che nella vita conta solo la forza, gli regalava soldi e poi se li ritirava o diceva che li avrebbero avuti in meno sull'eredità, e pretendeva che imparassero a comandare. Lui li metteva alla prova, e chi sopravviveva, quello era veramente sangue suo. Dalla sera di Pasqua non si era più incontrato con Andrea, ma faceva continui accenni a quelli che erano fuori razza, e concludeva ogni frase sul figlio come se stesse pronunciando una condanna a morte.

Anche Cardano da quel giorno aveva evitato Andrea, e quando gli avevo chiesto perché, non mi aveva risposto. Ma si informava ossessivamente da Miranda su come stava il ragazzo, che cosa faceva e se aveva detto qualcosa di lui. Il vecchio gli aveva proibito di vedere il figlio, e spesso irrompeva nella biblioteca mentre cercavo di sprofondare nei labirinti di *America*, o disegnavo occhi e fiori mostruosi sulle pagine dell'*Apocalisse*, e cominciava a sbraitare contro i libri dicendo che prima o poi avrebbe incendiato tutta quell'immondizia. Entrava anche nella camera di Cardano gridando che eravamo carte conosciute, che i figli non capivano niente, e se fosse stato per lui ci avrebbe mandati a calci in culo a lavorare in una fabbrica di cartoni per le pizze. Che ci credevamo, che lui era rimbambito? Ce lo potevamo scordare! Lo sapeva, lo sapeva bene che eravamo due degenerati, e ci teneva solo perché Cardano lo faceva divertire.

"Ma però statte accorto, Carda'! E vide 'e fà l'omme! Mi sono spiegato?"

Malediceva la musica che arrivava dall'appartamento del figlio e gli disturbava la digestione, e sosteneva che quello era solo un debole. "Ma qua' ferita s'adda curà, chillu fracetone? 'A fatto finta, 'o scemo, 'a fatto sulo 'a sceneggiata 'e s'accìrere! E mo' sta ancora cu 'sta cazzo 'e ferita?" Gridava anche contro Bianca che perdeva tempo a curarlo, e ricordava ogni volta a Cardano che si tenesse lontano dal figlio, perché se continuava a riempirgli "'a capa 'e fessarie" questa volta lo faceva chiudere a Poggioreale per sempre.

Ma una sera un domestico consegnò a Cardano un biglietto. Era firmato da Andrea, e diceva solo: "Quelli che oggi sono chiamati criminali, forse non lo sono affatto". Cardano rigirò a lungo lo strano messaggio tra le dita, si passò una mano sulla fronte e cadde in una specie di imbambolato silenzio. Quando si alzò in piedi aveva la faccia afflosciata, e con una stanchezza profonda disse solo: "Andiamo".

La voce si sentiva confusamente già a metà delle scale. Andrea stava recitando qualcosa strascicando commosso le parole, inciampando con la sua voce sensuale e roca in frasi che gli facevano mancare il fiato.

"... Sul buio orrore della vita apri gli occhi, aprili al più presto, prima che una grande tempesta non spazzi via tutto..."

Cardano si fermò davanti alla porta, esitante.

"... La giusta ira lascia maturare, prepara al lavoro le braccia... E se non puoi, fa' che il tedio e la tristezza in te si accumulino e ardano..."

La voce si interruppe, e ripeté più piano: "Fa che il tedio e la tristezza in te si accumulino e ardano". Cardano allora spinse la porta e entrammo. Nella stanza piccola e bassa come una mansarda c'era il più giovane dei Negromonte in piedi che leggeva, e una ragazza seduta a terra sul tappeto. Andrea non ci guardò, e inarcando le sopracciglia ripeté: "E ardano". Poi lasciò pendere il braccio con il libro, continuando con gli occhi semichiusi.

"... Ma di questa vita menzognera cancella l'untuoso rossetto, tutta la vita odiando con ferocia e disprezzando questo mondo..."

"... E anche non vedendo l'avvenire, di' no ai giorni del presente..."

Finendo lui la frase, Cardano aveva interrotto Andrea, che si riscosse.

"Te la ricordi ancora?" disse rivolto a Cardano, gli andò incontro e si abbracciarono. Poi abbracciò anche me, e notai che sul polso aveva una piccola cicatrice. La ragazza invece si sollevò agilmente puntando un ginocchio a terra e dopo averci salutati entrambi dicendo "Nadja", si risedette. Non riuscivo a capire quanti anni potesse avere. Quindici? O trenta? Aveva una giacca maschile scura, con una stretta maglia bianca che le modellava il corpo elegante. Gli occhi appena truccati erano lucenti come di febbre, e sembravano risucchiati nelle orbite da una misteriosa energia. Ma lo sguardo che li abitava si posava intorno con innocenza, e fui scosso fino alla radice dei capelli da un brivido che mi salì lungo la schiena.

"Da quanto tempo! Dove te ne stavi rintanato? Il grande Cardano, l'uomo che predicava che la bellezza è la verità, l'uomo che non aveva bisogno di una morale perché viveva nel lusso dell'inutile..."

Andrea aveva preso un'aria beffarda, ma Cardano taceva.

"E ora? Che fine ha fatto l'uomo che diceva 'tutta la vita è una prigione'? Si è chiuso in galera e si è fatto crescere la pancia..."

"E se pure fosse? Detesto il movimento, e vivo la mia dissipazione senza regole. Ma a te che cosa te ne importa?"

"Mi importa che ti sei fatto comprare! Il grande Cardano si è venduto l'anima ai Negromonte."

Cardano strinse le labbra in una smorfia maligna.

"L'anima non esiste, lo sai. E poi tu non sei un Negromonte?"

"No! Io non sono nessuno, hai capito? Nessuno..."

Andrea fissò Cardano in faccia e quasi con dolcezza mormorò: "Ma è possibile vivere così? Io non voglio più, non voglio". Cardano scoppiò a ridere, e fece il gesto di chi spazza via qualcosa di trascurabile.

"E naturalmente adesso ci dobbiamo sentire la predica sul bene, no? E che altro? 'Bisogna amare i nemici, senza la carità sono un cembalo risonante, diventerai fratello del prossimo tuo!' È questo che vuoi, Andrea, amare il prossimo? Ma dimmi una cosa, Andrea, perché non vuoi essere fraterno col tuo stesso sangue? Eh? Se ami tutti, perché non vai a baciare tuo padre sulla bocca?"

"Stai zitto! Stai zitto!"

"No? Non sei capace di perdonare? E allora a tuo padre scannalo nel sonno!" E Cardano accompagnò le parole con la mano che affondava un coltello nell'aria. "'E capito? O il perdono o la vendetta, Andrea! Il resto sono chiacchiere."

"Stai zitto! Stai zitto! Nel Vangelo... Nel Vangelo è scritto che i nemici dell'uomo saranno i suoi familiari!... È scritto che abbandonerai padri e madri, fratelli e sorelle, e sarai un uomo nuovo nella verità..."

"La verità! Ancora 'sta strunzata? Io ci sputo sopra, sulla tua verità! Solo la bellezza è vera."

"È per questo che la vendi a chiunque?"

Cardano si voltò verso Nadja, e sorrise ironico.

"Eh, non bisognerebbe mai prendere partito, cara. Lo sai che diceva Wilde? Prendere partito è l'inizio della fede nella verità, e chi crede nella verità è un criminale..."

Andrea agitò scontento la testa, si vedeva che inseguiva una sua idea ma che non riusciva a spiegarsi. Si sedette anche lui sul tappeto e lo sfiorò distrattamente con le dita.

"Ma quanto dobbiamo ancora pagare, secondo te? Quando finirà tutto questo?"

Cardano batteva con la mano sui vetri, e non rispose. Andrea corrugò la fronte come per un grande sforzo.

"Perché non potremmo cambiare, cambiare con l'amore! Perché deve sempre trionfare il male?"

Guardando davanti a sé, scosse la testa con i lunghi riccioli morbidi, e ripeté: "Perché?".

"Perché non esiste, l'amore."

Cardano aveva acceso una delle sue sigarette oppiate, socchiuse disgustato gli occhi e guardò il fumo salire per aria. Anche la faccia aveva perduto il suo ovale elegante e sembrò disfarsi, scoprendo sotto quella pelle sempre liscia e profumata una maschera oscena.

"... Perché ci stanno solo tenebre e fogne, non lo vedi? 'Di questa vita menzognera cancella l'untuoso rossetto'? Sì, e come!" Chino sul tappeto, Andrea era rimasto silenzioso, immobile con le mani strette in grembo. Cardano continuò, come se stesse parlando da solo. "... Il tuo Cristo dice che per seguirlo devi rinnegare te stesso, non lo sapevi? 'Perché chi vorrà salvare la sua vita la perderà, e chi perderà la sua vita per me la troverà.' Devi perdere la tua vita, se vuoi amare! Ma chi è capace di perdere la propria vita per amore?"

Ora Cardano si era fatto pallidissimo, e si era appoggiato alla finestra. A un tratto mi resi conto che nella stanzetta ogni movimento mi appariva ingigantito, ogni gesto un'ombra enorme che il paralume stampava sulle pareti. Di chi erano quegli occhi che mi stavano fissando? Mi volsi di scatto per vedere, ma al mio fianco non c'era più nessuno. Andrea non si era mosso, e la sua voce mi arrivò come se provenisse da una caverna.

"... Ti dovrei ammazzare, ma forse hai ragione tu. I Negromonte ce li abbiamo dentro, e non c'è nessun Cristo disposto a scacciare i dèmoni per noi..."

Cardano taceva e continuava a fumare. Lentamente, come vergognandosi della sua statura, Andrea si alzò e cominciò a passeggiare avanti e indietro sul tappeto. A ogni passo i capelli gli coprivano in parte la faccia, e lui non li spostava.

"I dèmoni, i dèmoni... Ma se sono dentro di me dove posso fuggire? E come si fa a rinnegare il male?... Non lo so, ma da qualche parte ci deve essere, il bene!... O dobbiamo sempre permettere a questi assassini di esistere come se tutti fossero come loro? E tutta questa impostura! Le nostre debolezze, questa miseria che abbiamo dentro... Perché non dovremmo combattere questa violenza con la violenza?"

Il ragazzo si passò la mano sulla fronte, e continuò.

"Io non accetto, no! Io non voglio accettare la realtà dove il grande mangia il piccolo, mi fa orrore! È la vita, dicono tutti, è la vita. È questa la vita? E allora io non accetto la vita!"

Agitò scomposto le braccia, come se volesse scacciare via qualcosa, e la sua ombra guizzò sulla parete.

"Non posso accettare che la realtà sia questa, che solo la forza domini! E se pure ci fosse soltanto questa realtà, che cosa me ne importa? Una realtà così non ha diritto a durare!"

Gli occhi gli brillavano, ma la piega delle labbra sembrava un taglio. Doveva aver compiuto uno sforzo enorme, e ora parlava più lentamente.

"Ho una coscienza? O dentro di me ci sono solo dèmoni?... L'ordine che ci impongono è solo una parodia dell'ordine, l'amore che viviamo è solo la smorfia convulsa dell'amore... E tutto questo inganno!"

Andrea si fermò come non sapendo più che dire, ma Nadja si staccò dalla finestra, andò verso di lui e lo baciò sulla bocca. Poi lo allontanò ridendo, ripetendogli qualcosa che non riuscivo a sentire. Cardano aveva messo un compact nello stereo, e a un tratto la musica del *Crepuscolo degli Dei* invase la stanzetta. Cardano muoveva le labbra e scuoteva la testa, ma non distinguevo più le frasi, qualcosa mi stava soffocando. Mi sembrò di vedere ancora Nadja che prendeva il viso di Andrea tra le mani e a un tratto cominciai a parlare, senza riuscire a frenarmi. Ma che stava dicendo, Andrea? Aveva mai lavorato un giorno, un giorno solo, in vita sua? E aveva mai saputo che cosa vuol dire essere umiliati?

"E che è, questa pagliacciata? L'amore, il bene, la bellezza! E niente più? Ma andate a farvi fottere tutti quanti! Tu sputi su tutto, ma perché ce l'hai! Tu tieni tutto, Andre', e mo' vuo' pure 'a sofferenza? E la coscienza! E che altro vuoi, Andre', 'a croce?"

Sentivo la voce che mi si strozzava in gola, avrei voluto solo che Nadja si alzasse e venisse a baciarmi sulla bocca davanti a tutti, ma continuai.

"Sei figlio loro! Per sempre, per sempre! Siamo figli per sempre tutti quanti, siamo figli fino a quando moriremo..."

Vidi gli occhi di Nadja che mi fissavano cerchiati dalle ombre del paralume, e di colpo mi sentii smarrito. Riuscii a balbettare ancora qualche parola, ma non era quello che volevo dire. Cardano canticchiava in un angolo accompagnando la musica con una mano.

"Io non sono un privilegiato, ti sbagli. Io sono il figlio di una pazza." E Andrea rise, agitando la testa per scrollarsi i capelli dagli occhi. "Non lo sapevi? Non ti sei mai chiesto perché mia madre non la vedi mai? Le cliniche di lusso esistono per questo, per non sapere."

"Andrea, ti prego, calmati! Ora finiamola tutti."

Ma Andrea aveva un sorriso sconcertante che gli deformava i lineamenti, e si rivolgeva a me.

"Lo sai che faceva lui con me e mia madre? Tu parli di umiliazione! Che ne sai, tu?"

Le mani gli tremavano orribilmente, e per fermarle le stringeva tra loro come se volesse pregare.

"Lei non lo voleva lasciare! Si è venduta, si è venduta a un animale! Mia madre si è venduta per trenta denari! E che nobiltà può essere quella che si vende a un Negromonte?"

Di colpo abbassò la voce a un sussurro, fissando a terra.

"Ma io ci andavo lo stesso, da lui, io un padre lo volevo. Correvo da lui entusiasta, gridando 'papà!', e quello lo sai che faceva? Quello mi rideva in faccia, mi stringeva i muscoli delle braccia fino a farmi piangere, e sputava disgustato sul pavimento. 'Che chiagne a ffà? Tu nun si' nu Negromonte, tu nun si' omme!' Mi diceva che tenevo la mangiatoia bassa, ma poi all'improvviso mi riempiva di soldi, me li buttava in faccia con quella sua risata schifosa e diceva che così capivo com'era la vita. Omme 'e niente, ma pecché nun t'accìre? Qua non ti piace come si campa, non ti piace la mia faccia di cafone, sì? E allora accìrete! Ma tu nun si' omme, tu nun si' capace 'e fà niente!'"

Deglutì a fatica, guardandosi attorno come se non vedesse più nessuno.

"Lo sai che a dodici anni i miei fratelli mi hanno portato in un bordello, a Parigi? E ridevano, mi battevano le mani... E chi lo sa, forse quella è l'unica cosa che ho imparato a fare nella vita. Ma io li odio, li odio tutti! Io non accetto questa miseria! Siamo sempre figli, hai detto... Sempre! Per quanto tempo? Quanto dura questo sempre?"

Andrea era rimasto al centro della stanza con quel sorriso deforme stampato in faccia. La musica ora era quella dell'incendio in cui sprofondano gli dèi prima del silenzio, e sembrava avergli soffocato le parole in bocca. Una voce lacerante in mezzo a ondate di trombe e violini che stavano per ingoiarla si levò su tutto, stremata e dissennata. Nello stesso tempo dalla porta arrivò l'improvviso rimbombare di un pugno che picchiava ferocemente.

"Aràpe, strunzo! Aràpe o sfonno 'a porta!"

Era la voce del vecchio Negromonte. Ma come era arrivato lassù?

"Il montacarichi! Oggi hanno messo in funzione il montacarichi!" disse Cardano battendosi la fronte.

"Omme 'e niente! Aràpe, aràpe!"

Cardano si lanciò su Andrea che stava per aprire la porta e lo fermò.

"Dinto 'a casa mia porte chiuse non ce ne devono stare, 'e capito? Io aggia respirà! Io aggia cammenà! E stuta 'sta fetenzia 'e rummore, songo 'e tre 'a notte, omme 'e niente! 'E capito o no? Stuta! O i' vótta 'sta porta 'nterra e t'affogo cu 'sti mmane!"

"Spegni, forza, spegni" sussurrò Cardano a Nadja, che meccanicamente andò verso lo stereo e lo spense. Andrea non si era mosso, e guardava la mano di Cardano che gli teneva il polso come se fosse stata un oggetto incomprensibile.

"Ah, 'e stutato! Allora m' 'e capito, strunzo..."

Cardano agitava assurdamente la mano libera verso di noi e si portava il dito sul naso a indicarci di tacere.

"Ommenicchio! Ogge t' 'a faccio bona, ma domani questa porta deve stare aperta, perché qua deve stare tutto aperto! A casa mia c'adda stà 'a libbertà!"

Cardano continuava a trattenere Andrea per il braccio, e gli diceva rapido qualcosa. Il vecchio doveva essersi placato, perché si udirono dei passi e il ronzio della carrozzella che si allontanava. Poi come un borbottio sempre più fioco, quasi indistinguibile, si sentì ancora la voce del vecchio Negromonte. "È nu vigliaccone! È sulo n'omme 'e muzzarella... C' 'o faccio mangià friddo, 'o crapetto... E 'sta musica d' 'o cazzo se l'adda scurdà! Io l'addirizzo, io lo imparo a campare... O ti pieghi o ti spezzo, 'e capito vigliaccone, 'e capito?"

Quella notte stessa Cardano aveva costretto Andrea a lasciare la villa e a trasferirsi nel villino del parco appena ristrutturato, dicendogli che non bisognava combattere battaglie perse, e che suo padre stava sicuramente meditando qualcosa contro di lui. E il giorno dopo, all'alba, la villa fu svegliata da un fracasso di scarponi pesanti che salivano le scale e dagli ordini del vecchio Negromonte. Quattro uomini capeggiati da un colosso con i capelli rasati a zero attaccarono a colpi di piccone la porta della camera di Andrea, incoraggiati dal vecchio che batteva le mani e gridava: "Scassa, scassa, aggia stà libbero! Nella mia casa si deve respirare! 'Sta storia d' 'e porte chiuse adda furnì!". Quando entrò e si accorse che la stanza era vuota, il vecchio ammutolì di colpo. Guardandosi attorno sospettoso andò a lungo in giro per la stanza sulla sua sedia a motore, avanti e indietro dalla porta sfondata, e alla fine uscì borbottando tra sé e picchiando con le nocche sul bracciolo della sedia.

Ferdinando ci mandava a chiamare ogni mattina perché voleva fare "un poco di esercizio" con Cardano. Si era circondato di ripetitori di lingue e di precettori, e sosteneva che per farsi una cultura non serviva affatto una vita di ozio come aveva sempre detto Cardano.

"Lo vedete anche voi, no? Grandi cambiamenti! Vita nuova! Carda', avevi ragione, la cultura serve."

Quando c'era Armida, Ferdinando diventava complimentoso, e cercava di parlare esclusivamente in italiano. Con aria sospettosa chiedeva a Cardano se avesse notato le sue scarpe su misura, la cravatta di Marinella e la camicia che aveva fatto venire "appositamente" dall'Inghilterra.

"Che dici, Carda'? Su questo taglio del polsino nun tiene niente 'a criticà, mo' ti devi stare zitto!"

Ma Cardano, dopo avere stretto con approvazione la stoffa tra le dita, scuoteva la testa con aria annoiata.

"Bravo, Ferdinando, fai progressi. Ma ti manca lo stile. Peccato per quel celeste sotto il principe di Galles. Eh, hai rovinato tutto..."

Ferdinando allora si rivolgeva al precettore e lo afferrava per il bavero urlandogli che lo licenziava. "Tieni solo un'altra possibilità! Ci siamo capiti? N'ata cammisa sbagliata e si' muorto." Un giorno si buttò anche addosso al fratello stringendogli il collo perché lo aveva chiamato "Ferdina'".

"Mo' basta, Sciaca'! Mo' è finita con questo Ferdina'! D'ora in poi mi chiamerete 'don Ferdinando', siamo intesi? Ci siamo spiegati bene? O volete finire tutti in mezzo a una strada?"

Lo mandavano in bestia soprattutto i sorrisi ironici di Cardano, e pretendeva di ribattere alle sue osservazioni sull'eleganza parola per parola. Ma poi si distraeva dietro ai precettori che gli leggevano in continuazione libri, chiedeva spiegazioni, rispondeva al cellulare, e cominciava discussioni che lasciava a metà per balzare dalla sedia e fare il baciamano a Armida, o per correre nel corridoio a chiedere al padre se andasse tutto bene. Usciva spesso con la ragazza per portarla a vedere "le bellezze di Napoli", e ritornava dalle passeggiate sempre più euforico. E ai primi di giugno convocò "ufficialmente" Cardano, me e Miranda nel suo ufficio.

"Ferdina', che è? Io ti vedo strano, si' dimagrito, ti sei sciupato. Sai che c'è di nuovo? A mezzogiorno ti faccio una bella bolognese con la carne tritata, 'o burro e il marsala! Tu studi troppo, tu ti devi riguardare..."

Arricciando il naso, Ferdinando le fece cenno di stare zitta.

"Mi infastidisci, lo vuoi capire? E poi i raffinati mangiano poco... Comunque, Mira', io ti devo parlare."

"Che è successo, Ferdina'? Ti ho fatto dispiacere? Io con la bolognese ci metto le tagliatelle all'uovo fatte in casa..."

"Statte nu poco zitta, Mira', e assiéttete! Miranda, ora ti spiego, noi due ci dobbiamo separare..."

Ferdinando aveva un tono solenne, ma Miranda sembrò non capire, e continuò a guardare il marito con un sorriso.

"Brava! Lo vedi? Così mi piaci... Mira', qua ci stanno le carte" e pescò sulla scrivania un mucchio di fogli, "e tu ci devi solo mettere una firma. I testimoni pure ci stanno... E allora, che aspiette?"

"Ma tu... Tu allora... Tu vuo' fà 'o divorzio!"

Miranda sembrava finalmente aver capito che cosa voleva il marito. Ma non fece niente, piegò solo la testa di lato e sgranò gli occhi.

"Eh! Che parola grossa, divorzio... È solo per mettere a posto le cose, Mira', è un fatto di serietà! Io ti sistemo bene, ti do l'appannaggio sostanzioso, ti ho già preso una casa grossa a via Bausan..."

"T' 'e spusà a chella zoccola! Eh? Ah, ora so tutto, mo' ho capito!"

Ora Miranda era saltata in piedi, come una furia.

"Ti pigli la carne fresca e a me mi butti! Chisto è 'o ringraziamento per i miei sudori? Arriva 'a zucculella c' 'o tacco a spillo e lui si sbava, si fa sotto, fa l'innamoratino. Chella schifosa 'e coppa 'o marciapiede!"

Ferdinando sembrò smarrirsi.

"Mo' basta, e non offendere Armida! Io lo faccio pure per te... Sciopè, chillo, Sciopenauèr, dice che la vita è dolore, si deve praticare l'ascesi... E pure 'o coso..."

"Il Buddha..."

"Bravo, precetto'! Pure 'o Buddha dice che ci dobbiamo sottrarre al dolore di vivere. Mira', tu devi rinunciare alla carne..."

"Sì? E 'stu Buddha d' 'o cazzo dice che io aggia rinuncià alla carne, e tu t' 'e fottere a chella zoccola?"

"Ma come sei volgare! E comunque sta scritto pure dentro al Vangelo, che ti posso ripudiare. Me l'ha spiegato 'o Cardinale!"

"Il ripudio fu stabilito da Mosè, ma nella Bibbia..."

"Esattamente, precetto', esattamente! Allora tu nun si' cattolica, Mira', tu non credi al Vangelo! Ma statte accorta, però, perché Mosè ha detto che se vai dalla donna non ti devi dimenticare la frusta!"

"Quello, scusi sa, è Nietzsche..."

"Vabbuo', Nicce, 'a Bibbia, 'o Buddha, nun è sempe 'a stessa cosa? Mira', insomma io mi sono elevato, e tu sei rimasta terra terra, volgare... Lo capisci questo? Mi aspettano cose grandi, a me!"

Miranda ora lo fissava a bocca aperta. Cardano stava giocherellando con un tagliacarte d'avorio, e sorrise.

"E tu nun rìrere, Carda'! Precetto', com'è quell'aforisma sull'uomo grande? Faccelo sentire a 'stu scemo 'e Cardano, così capisce!"

"Chi non vuole vedere l'altezza di un uomo, guarda ciò che è più basso in lui, e così si tradisce."

"'E capito l'aforisma? 'Si tradisce!' Tu si' nu traditore, Carda'. E poi ora io devo lavorare, mo' basta veramente! O accetti, Mira', o ti distruggo con la legge! Ti tolgo i figli, ti tolgo tutto, te faccia arrestà!"

Miranda si era accasciata sulla sedia con le braccia penzoloni, e ripeteva: "Chella fetosa, chella puttanona, chella zoccola". Ferdinando fece un cenno e un precettore le mise davanti i fogli.

"Ti tolgo i figli! Hai capito, Mira'? Io non te li faccio vedere mai più..." Miranda lo fissò, poi meccanicamente firmò i fogli e rimase con la penna in mano.

"Lo vedi? Questo era tutto! È cosa di niente, Mira', tanto il mondo è rappresentazione, e tutto è nulla. Come dice l'Ecclesiaste, precetto'? Ah, vanitàs vanitàs! Vanità delle vanità, tutto è vanità..."

Ora Ferdinando non riusciva a stare fermo, spostava e rimetteva a posto i fogli, e si lisciava la testa.

"Gli uomini superiori si devono riprodurre con più donne, Mira'! Lo dice un filosofo, che ti credi? È overo, Carda'? Dico bene?"

"È vero? È vero solo che tu sei un miserabile parvenu."

"Sì? Ma guarda là che parole! Cardano, tu devi studiare ancora, e lo sai perché? Senti a me: 'Ogni elevazione del tipo uomo è stata, fino a oggi, opera di una società aristocratica'. Hai capito, mo'?"

Ferdinando aveva letto la frase da un foglio che si rimise in tasca.

"Sei solo un criminale da quattro soldi, Ferdina'."

"Uhé, Carda', addirittura? E tu non dicevi sempre che quelli che oggi sono chiamati criminali, chi lo sa, domani saranno santi? Eh? Precetto', piglia quella frase che mi piace a me. Comme, quale? Lo sai tu, io ti pago! Cerca che ce la diciamo a Cardano!"

Ma Cardano aveva preso per il braccio Miranda e era uscito dalla stanza. Mentre li seguivo, vidi Ferdinando che tirava per l'orecchio il precettore dicendogli che lui lo pagava, e che quella frase la doveva trovare subito! Nel corridoio ci raggiunse ancora la voce di Ferdinando che gridava.

"E comunque l'estetica è superiore all'etica, Carda', nun è accussì? E tu trova, precetto'! Che te tengo a ffà? Trova, trova o te faccio magnà 'a laurea..."

Miranda vagava per la villa diventando sempre più magra, saliva le scale di corsa, e a ogni passo si fermava per i piegamenti e le flessioni.

"Quello mi ha dato dieci giorni, solo dieci giorni, e sto facendo un poco di ginnastica. Roberto, si può dire 'un poco di ginnastica'?"

Si era fissata che Ferdinando l'aveva ripudiata perché lei era "chiatta" e non parlava bene, e allora beveva solo acqua e succhi di verdura, e girava con una grammatica dei figli in mano.

"Dieci giorni e io recupero! Recupero! Volete una spremuta? Volete un frullato? È pieno 'e vitamine..."

Offriva a tutti i suoi frullati, per non buttarli li beveva lei e poi doveva correre in bagno, o fermarsi a metà bicchiere soffocata dalle lacrime. Glielo aveva detto anche sua madre, e sua madre le voleva bene. "Miranda, tirati un poco su. Il trucco tu non te lo vuoi mettere? E quello Ferdinando se poi si va a cercare un poco di carne fresca, non tiene ragione?" Eh, sua madre era sempre elegante, e il lavoro di pubbliche relazioni che faceva girando il mondo per conto dei Negromonte la manteneva fresca come una rosa. Anche Amalia la rimproverava di essere troppo all'antica, e di non volersi evolvere. "Ci sta la concorrenza, non lo sapevi? Fatti un corso di formazione professionale, Miranda, e nun fà 'a vittima." Miranda stava anche provando a vestirsi "più alla moda", e con addosso giubbini di jeans foderati di lince e pantaloni di pelle che la rendevano solo più sformata, si rivolgeva a Cardano: "Mi sta bene, Cardano?". Ma scuotendo la testa, Cardano replicava invariabilmente: "Si' ridicola, Mira'". Allora lei ritornava sulla questione dei figli, sostenendo che Ferdinando l'aveva lasciata solo per quello.

"'O terzo figlio! Quello è colpa del terzo figlio! Perché Nando non si vuole sentire inferiore, vuole tenere più figli del Calebbano..."

Sì, la verità era che lei non gli aveva fatto il terzo figlio, e Ferdinando non poteva sopportare che lui e il Calebbano avessero lo stesso numero di figli. Ma Miranda era ossessionata soprattutto dalla "nordista schifosa", si spingeva fino al nuovo appartamento di Ferdinando per sentire che facevano quei due, e ogni volta si chiedeva che teneva più di lei quella zoccola "c' 'o naso a patana". Ormai Ferdinando e la nuova fidanzata non si nascondevano più, e si baciavano e giravano abbracciati per casa a tutte le ore. A Miranda Ferdinando aveva prolungato la scadenza fino a luglio, ma si vedeva che non gliene fregava più niente. Cardano mi rivelò che anche il Calebbano stava preparando la separazione dalla moglie ma pareva che avesse giurato di "mandarla pezzendo", di farla andare in giro a chiedere l'elemosina, e lui adesso era preoccupato anche per se stesso. E come campava, se pure Amalia si faceva venire l'idea della separazione? La moglie andava sempre in giro, perché era stata incaricata di riorganizzare su basi imprenditoriali il sistema educativo, e Cardano era convinto che gli mettesse le corna.

"E a me che me ne importa? Io conosco l'arte della menzogna!"

Ma quelle che Cardano spacciava per astuzie sottili, mi apparivano spesso solo meschine viltà. Andrea continuava a leggere il suo Vangelo, e ogni giorno di più sembrava appartenere a un mondo lontano. Anche le volte che c'era Nadja era capace di passare ore intere ammutolito, o immerso a occhi chiusi nella musica. Io sentivo sempre dietro le spalle un'ombra che mi scherniva, una faccia sghemba che sbucava improvvisa al mio fianco ridacchiando beffarda. E di notte, con la lampadina tenuta sempre accesa, mi svegliavo di colpo sudato saltando via dal letto in preda al terrore che l'altro fosse lì, nel mio corpo, e riprendevo un dormiveglia inquieto solo quando la luce dell'alba cominciava a riempire la stanza.

"Ma qua siete scemi completi! Che è 'sta strunzata d' 'o cane che risponde solo agli ordini in inglese?"

Cardano stava gridando contro la moglie perché pretendeva che i ragazzi per fare pratica si rivolgessero in inglese anche al cane di Miranda.

"Ignorante, è per fare pratica! Nel nuovo Sud si parlerà solo inglese e dialetto, non lo sai? Fra una settimana i ragazzi vanno in America, alla business school di New York, che ti credi?"

"E che mi devo credere? Andassero dove cazzo vogliono, a farsi fottere in America o in Australia! Però Ama', famme 'o piacere, dicci ai tuoi figli che si portassero pure a Snow appresso. Ma qua' Snow e Snow? Chella è 'na cocker spaniel fetente, nera come una cozza, e tu 'a chiamme pure Snow?"

"Non offendere la mia cagnetta! Ce l'avevo da ragazza! La mia Snow è sensibile, capisce tutto..."

Cardano si chinò verso la cagna e la accarezzò con un dito.

"Snowetiello, tu capisci, eh? E che capisce tu? 'E sasicce? 'O filetto? 'O trancetiello 'e pescespada? Confessami, Snow, i tuoi pensieri. Com'è, non parli? E parla, Snow, parla!" E mentre Amalia era voltata di spalle, mollò alla cagna una pedata fortissima facendola guaire.

"Che è successo? Snow! Che hai?"

"Ti sta parlando, Ama', non la senti? Chesta è 'na cana colta, ti dice to be or not to be... E bravo 'o cockerino! Essere o non essere, Snow, that is the question... Sì? E allora tu not be! Tu not be!"

Trascinato dal suo odio per la cagna, Cardano prese a colpirla davanti alla moglie, gridando: "To be or not to be? Tu not be! Tu not be!". Amalia prese in braccio la cagna e fuggì, ma Cardano non si calmava.

"'O cane che capisce l'inglese! A essa ce dà 'o filetto, e a Jeanne Duval l' 'a avvelenata! Ma chesta è 'na stronza, Robe', tu ti rendi conto? E questi devono tenere i miliardi e io no? Io not money, io! Io not money!"

Ma la sera Cardano mi raggiunse nella mia stanza sgonfio, senza energia. Anche il suo impeccabile colletto era sbottonato, e parlava a fatica.

"Mi ha giurato che ho chiuso, che lei non può tollerare più questo comportamento, e mi manda a fare il professore al Loyola! E se no..."

"E se no?"

Cardano si asciugò il sudore con un fazzoletto, agitato.

"E se no, se no devo chiedere scusa al cane! 'E capito? Io, Carlo Cardano! E poi lo devo baciare, in segno di riconciliazione. Sì, cu 'stu cazzo!"

No, lui se ne andava, ora basta. L'assegno che la moglie gli versava? Lui ci sputava sopra, ai soldi! Ma mi rendevo conto? Il Loyola non era una scuola, ma l'inferno.

"E quelle bestie degli studenti? Quelli ti dicono: 'Io ti pago, muorto 'e famme, e statte zitto! Si dice ancora n'ata parola 'ncoppa a 'stu *Corvo* 'e sfaccimma, 'o dico a papà e te faccio spezzà 'e cosce!'. Tu non capisci, tu non capisci..."

Cardano si era preso la testa tra le mani, e diceva che doveva trovare una soluzione, perché l'intelligenza non può soccombere di fronte alla stupidità.

"È possibile che non trovo una soluzione? Lo chiama pure cane! Tenesse nu levriero, nu cane bello, giovane. Quella è tutta croste, quella troia! Snow, ma qua' Snow?"

Poi ricadeva nell'ossessione del Loyola. Lo sapevo che là dentro bisognava sempre camminare piano per non farsi notare? E lui doveva stare al servizio di "quattro muccusielli analfabeti" che fuori tenevano l'autista che li aspettava? Lui doveva stare sottomesso a gente che non sapeva nemmeno chi aveva scritto *Il Corvo*?

"Chi bussa alla mia porta? Le mie speranze sono perdute, togli il tuo becco dal mio cuore! E il corvo disse nevermore, nevermore! Mai più, mai più..."

No, lui il cane lo avvelenava, aveva deciso. Lui a quella "vacca svizzera" la affogava nella vasca, perché i lebbrosi non dovevano vivere! Era la sua ultima parola, nevermore, nevermore!

Ma quella sera a tavola, Cardano e la moglie scherzarono tutto il tempo. Cardano buttava al cane intere fette di roastbeef al sangue e prendeva in giro la magrezza di Miranda.

"Mira', ma devi andare a fare le corse all'ippodromo? Mira', fatti un frullato di roastbeef! Ci metti pure un poco di cicuta, e hai risolto..."

Amalia rideva sguaiatamente, e Cardano lanciava frasi sull'artista che non deve lasciarsi offuscare dai pregiudizi, perché "vizi e virtù sono solo materiali per l'arte". Come in un'immagine deformata lo vedevo mentre baciava il muso bavoso della cagna, e solo allora mi resi conto che quella che stavo masticando a fatica e senza appetito, era una fetta sottile e sanguinolenta di carne.

I Negromonte erano partiti per qualche giorno, e Cardano aveva assunto l'aria insolente e sazia di un padrone di casa. Io cercavo di evitarlo perché quella faccia gonfia e curata mi dava la nausea, e se gli avessi sentito dire ancora una sola parola sul fascino della sconfitta, mi sarei buttato su di lui per strangolarlo. Il torpore dei primi giorni di caldo mi aveva invaso, e lasciandomi trasportare dallo scorrere delle ore cercavo di non pensare, con le palpebre semichiuse da una sonnolenza che mi isolava da tutto. In certe giornate persino la città lebbrosa di sotto sembrava essersi in qualche modo trasformata, sfaldata e cancellata nella luce che la lastra del mare rifletteva come un fuoco d'artificio, con le ferite che la sfregiavano da un capo all'altro miracolosamente richiuse. E non avrebbe potuto in uno di quegli attimi di perfetto oblio comparirmi davanti in carne e ossa Nadja?

Se anche mi sembrava di non pensarci mai, d'improvviso vedevo sorgere il gesto con il quale si controllava l'orecchino a falce di luna che le pendeva dal lobo sinistro e che spesso a furia di giocarci perdeva, o il lieve contrarsi della pelle agli angoli delle labbra quando le congiungeva in un suo quasi impercettibile sorriso. Ma nell'aria immobile di quei pomeriggi che passavo sdraiato a terra sotto gli alberi del parco lei non compariva, e allora mi veniva un desiderio profondo di dormire, dormire per vedere in sogno quei gesti che a volte mi sembravano confondersi ai miei. Pensavo che non sarei stato mai più capace di alzarmi da quell'erba, di liberarmi dall'ombra beffarda che ridacchiava alle mie spalle e spariva appena voltavo la testa. Non riuscivo a dimenticare me stesso nemmeno nei dormiveglia storditi in cui piombavo, e le parole non dette mi restavano conficcate in gola come una spina.

Un pomeriggio il viale davanti a Villa Negromonte si riempì di camion. Si sentiva la voce eccitata di Ferdinando che dava ordini.

"Scaricate e portate dentro. Piano, più piano, uhé! Ma si' strunzo? Questa è roba che non sai nemmeno quanto vale, cafone!"

Nell'atrio Ferdinando si mise a chiamare Cardano a alta voce.

"Artista! Arti'! Vieni! 'L'artista è il creatore di cose belle? Tutta l'arte è perfettamente inutile? Le convinzioni etiche in un artista sono una imperdonabile mancanza di stile?' E io allora sono un grande artista, Carda'! Scaricate, scaricate..."

Cardano era sceso in vestaglia, con l'aria annoiata.

"Che vuoi, arricchito? Avanti, dimmi quale perversa sciocchezza sta occupando il tuo cranio vuoto."

"Sì, 'perversa sciocchezza', bella frase, Carda', sei sempre un maestro... E tu!" E dette uno schiaffo dietro la testa del suo precettore personale. "E tu perché non mi hai detto questo fatto della 'perversa sciocchezza'? Che ti pago a fare, eh?"

Intanto era stata deposta a terra una grande cassa di circa due metri, e gli operai la stavano schiodando.

"Con delicatezza, guagliu'. Levateve, facìteme fà a me..." E Ferdinando si mise a schiodare la cassa, scoprendo l'interno imbottito di plastica da imballaggio. "Leva 'a plastica, arti'. Ti do quest'onore, Carda', leva..."

Cardano si avvicinò scuotendo la testa, tirò via l'imballo scoprendo un corpo di giovinetto nudo con i capelli a riccioli che gli cadevano sulle spalle, e balzò all'indietro restando come fulminato.

"Ma è... Ma questo è..."

"Esatto! È l'Apollo citarista di Pompei, quello che stava 'o museo nazionale."

"Ma che hai fatto! Come l'hai..."

Ora gli operai posavano casse e cassette ovunque, e Ferdinando saltellava da una cassa all'altra mettendosi a schiodarle lui personalmente.

"Guarda, Carda', nun è bella? Questa è... Che è, precetto'? Ah! È n'anfora di Polignotoss! 'A vuo', Carda'? Se ti piace, io te la regalo. O vulisse 'o mosaico col dramma satiresco?"

Cardano era caduto in ginocchio sul pavimento, in mezzo ai crateri con le figure rosse e ai mosaici che scintillavano. Prese tra le mani una testa e disse estatico: "È Iside, è la testa di Iside". Ferdinando ora sollecitava gli operai a aprire tutte le casse, ma era scesa anche Armida, e Ferdinando corse verso di lei con un oggetto tra le mani.

"È per te, mon amour... For you, my lady... Qua ci metti il detergente alle rose per la tua pelle..."

"Ma è la tazza Farnese!"

"Bravo a Cardano! E qual è il problema?" gridò Ferdinando mentre porgeva la tazza alla donna. "È nu regalino per Armida..."

Ma nell'abbracciare Ferdinando Armida lo urtò, e la tazza cadde a terra frantumandosi. Cardano impallidì, come sul punto di svenire. Sempre in ginocchio, si trascinò fino a dove era caduta la tazza Farnese, e si mise a raccogliere i pezzetti balbettando.

"Hai rotto la tazza Farnese... La bellezza, la bellezza incarnata... I pezzi, si devono raccogliere i pezzi, tutti i pezzi..."

Ferdinando si era staccato da un lungo bacio con Armida, e agitò le braccia.

"Lascia stà, lascia stà! Ce stanno tanti tazze, Carda'..."

Armida saltellava da una cassa all'altra, frugando negli imballaggi.

"Voglio quella, sì, quella collana lì! Oh, Ferdi, è magnifica! Sembra Laura Biagiotti!"

"Ti piace? E pïgliatella, Armi'! Ma questa secondo me non vale niente."

"Quello è vetro policromo... È del settimo secolo avanti Cristo... Viene dalla collezione Spinelli..."

Seduto a terra con i cocci della tazza Farnese in mano, Cardano indicava con la testa verso la collana che Armida si era messa intorno al collo. Ma Ferdinando tirò fuori da una cassa degli oggetti scintillanti.

"Oro antico, Armi', per te! Tutta roba originale..."

Cardano mormorò ancora che quelle erano le "fibule di Teano", lasciò cadere sul pavimento i frammenti che aveva stretto tra le dita e tacque. Armida era salita di sopra per provarsi i regali con il vestito nuovo, Ferdinando le corse dietro per dire che dopo le mandava il satiro per la camera da letto e le fece l'occhiolino. Poi ritornò da noi, saltellando e sfregandosi le mani.

"Hai visto, Carda'? Bellezza a tonnellate! E mo' non puoi dire che sono solo uno zotico coi soldi, e che pure se tengo i miliardi non mi so godere la bellezza." Allargò le braccia e si alzò sulle punte dei piedi. "Io mi faccio il bagno, dentro alla bellezza! 'E capito? Io a mezzogiorno bevo dentro a... Precetto', comme se chiamma 'stu cazzo 'e bicchiere?... Sì, Carda', io bevo nel lettikòss attico! Bisogna vivere l'arte! L'hai detto tu, o no? E io la vivo, la vivo..."

"Non è possibile... Non è giusto..."

"Non è giusto? Ma vedi questo com'è incoerente! Carda', ma tu nun dicive che il senso del colore è più importante del senso del giusto e dell'ingiusto?"

Cardano non lo guardava, e stava accarezzando dolcemente con le dita il volto di Iside.

"E non hai visto niente, non avete visto ancora niente. Venite con me, scendiamo in città, venite! Aìzate, Carda', nun te preoccupà, Ferdinando poi ti fa un regalo. Ti do il Fauno pompeiano? O vulisse 'o cazzo a forma 'e lucerna? Io ti faccio scegliere."

Aiutai Cardano a alzarsi e andammo dietro a Ferdinando scansando le statue e i busti che ingombravano il pavimento.

"Vivere l'arte è overo 'na bella cosa! Tu dice che m'aggia fà costruì pure 'na terma? Ma sì! E poi due efobi... Comme, precetto'? Ah! Due efebi, che mi leggono qualche poesia poetica in latino. Quel libro che ti piace a te, Carda', 'o Satirico! Precetto', recita qualcosa, ma adda essere poetica..."

"Dum loquimur fugit invida aetas..."

"Bello, overo è bello! Dice, dice ancora, precetto'."

"Carpe diem, quam minima credula postero..."

"'O ccapisco pur'io 'o latino! Carpe diem, carpe diem! Aggia campà, aggia campà!"

Passammo vicini a un Dioniso, e Ferdinando colpì i genitali della statua con un buffetto.

"Però 'o tenevano piccerillo, 'sti Romani. Ma comm'è 'stu fatto?"

"Odi profanum vulgus et arceo..."

"Ah, questa è grande! E che vo' dìcere, precetto'?"

Ma Cardano sibilò lui la risposta.

"Odio gli arricchiti incolti e li disprezzo più dello sterco!"

Ferdinando gli batté le mani e scosse la testa.

"Si' forte, Carda', tu si' forte! Questa me la devo ricordare, così la dico a Armida. Comm'è? Odio gli arricchiti incolti..."

Sul viale ci aspettava il pulmino a due piani, con lo Sciacallo seduto al tavolo sprofondato nelle sue cartine. Ferdinando tirò fuori una bottiglia dal frigorifero dicendo che quello era Lacrima Christi originale, e dovevamo brindare alla bellezza. Ma Cardano sogghignò, senza dire niente.

"E perché ridi, mo'? Che ci sta da ridere? Questo è vino da duecento euro alla bottiglia..."

"Sì, ma si beve a temperatura ambiente, se no è come buttarlo nel cesso. Non lo sapevi, miserabile parvenu?"

Ferdinando fissò la bottiglia che aveva in mano, la palpò e con un moto di rabbia la buttò a fracassarsi contro il finestrino.

"E tu che fai, precettore 'e quatte sorde? Eh? Avevi detto che eri pure sommelie'! Tu si' nu strunzo, ato che sommelie'! Mo' t'avessa schiattà sotto 'e rote d' 'o Mercedès, ma mi servi ancora. Ciro, tu vai più piano, io non mi posso sbattere! Sciaca', a che sta 'o progetto?"

Il progetto per *Eternapoli* stava procedendo alla grande, al di là di ogni aspettativa. In poche settimane si erano fatti passi da gigante, e con un decreto votato da quasi tutta l'opposizione, i musei e i monumenti della città erano stati messi all'asta. La nuova legge, la "Treccarte bis", consacrava definitivamente l'iniziativa privata nella cultura. Un museo vivente non poteva avere musei, sarebbe stata una contraddizione, no? Tutte le opere dovevano circolare, ritornare all'aria aperta e nelle case dei privati, come una volta. Che significava ormai la parola "pubblico"? Era solo l'usurpazione fatta da un branco di pecoroni a danno di chi aveva veramente diritto all'arte.

"Ma avete svenduto a privati opere che appartengono a tutti!"

"Vendute, regalate, e allora? L'importante è che ora sono vive, non sono più opere morte."

"Sì, nelle case degli imprenditori amici vostri!"

"E che ci sta di male, Robe'? Là stanno più sicure, con le cellule fotoelettriche, con le polacche che ci passano 'o scupettino..."

Bisognava essere coerenti, una vera rivoluzione non poteva fermarsi davanti a parole vuote come pubblico e privato o mio e tuo, altrimenti non ci sarebbe mai stata la modernizzazione che i tempi esigevano.

"Ma chi li ha stabiliti i prezzi? E i soldi, i soldi che fine faranno!"

"Robe', qua ci sta la democrazia! I prezzi li ha stabiliti il CES, 'o Comitato degli Esteti di Stato. Noi siamo per la trasparenza totale, che ti credi?"

E con i soldi si finanziavano i lavori per *Eternapoli*, la pubblicità per lanciare il progetto, e le scuole-azienda private dove si sarebbero insegnati i nuovi mestieri. Ma non vedevamo come tutto quello che era pubblico andava a rotoli? Era nella logica dell'economia, se la strada apparteneva ai privati restava pulita, se era pubblica restava sporca. Stava cominciando una nuova epoca, questa era la verità, e tutto quello che è nuovo richiede sempre uno sforzo di immaginazione.

"Nu poco 'e fatica, Carda', un poco di fatica. Ma vedi, Carda', vedi là! Quello è Palazzo Donn'Anna..."

"Che devo vedere, Ferdina'? Lo conosco meglio di te" mormorò Cardano stancamente.

"È 'o mio! Me l'aggio accattato! E che mi guardi a ffà accussì? Allora io non tengo il diritto? Allora 'ncoppa 'a bellezza si devono fare le seghe sulo 'e chiattille c' 'a giacchetta a quadrillé e 'o foularino 'e seta? La bellezza ci salverà, l'hai sempre detto tu, e mo' che vuo'? Mi piace? E me lo compro! Pure io tengo diritto alla salvezza, pure io..."

Avrebbe fatto fare un restauro raffinato, con l'attracco privato a mare, la nave a vela e tutti i mobili di antiquariato originale. Lo Sciacallo si era preso Villa Pignatelli perché era un fanatico di carrozze, ma volevamo mettere Palazzo Donn'Anna?

"M'aggio fatto pure a Calebbano, ce l'ho scippato dalle mani, 'o palazzo. A Armida ci piaceva assai, quella è aristocratica, 'a milanese. Noi poi lo inauguriamo col matrimonio. Come? Ma qua' divorzio! Io tengo le entrate giuste, Robe', abbiamo l'annullamento dalla Sacra Rota."

"Ma hai due figli! È impossibile!"

"Eh, ma io a Miranda ci ho fatto firmare una dichiarazione che lei è buddista, e che a Dio..." Ferdinando si segnò rapido. "... Lei lo schifa, e dice che nun esiste. 'E capito, Robe'? Annullamento! Annullamento!"

Ordinò a Ciro di fermarsi, così potevamo guardare meglio, e si rivolse euforico al precettore.

"Precetto', leggi, leggi a alta voce!"

"Scusate, che devo leggere?"

"Come, che devo leggere? 'O progetto! Il fatto del teatro..."

Ma il precettore non capiva, e Ferdinando spiegò che lui per il matrimonio voleva dare una grande festa con le galere a remi piene di nobili che arrivavano dal mare come ai bei tempi, e che avrebbe fatto "sparare i fuochi" sull'acqua.

"E dentro al teatro sopra il mare, ci faccio rappresentare *Napoli Liberata*! Con la musica e il popolo lontano che guarda a bocca aperta..."

"E poi arriva Masaniello e vi scanna, non lo sapevi?"

"Che cosa? Precetto', chisto che dice?"

"Be', il fatto è che nel 1647 Masaniello e i suoi pezzenti saccheggiarono Palazzo Donn'Anna, e uccisero i..."

Ferdinando non lo fece finire, schioccò le dita e saltò su.

"E noi sai che facciamo? Facimmo 'o saccheggio 'e Masaniello pe' pazzià! Facciamo il saccheggio col regista, poi ci tagliamo la testa a Masaniello, e dentro ci offriamo i confetti agli ospiti. Ce damme 'e cunfiette dint' 'a capa 'e porcellana 'e Masaniello! Una bella cosa..."

"Ma quale bella cosa? Che puoi capire tu del brivido della bellezza?"

Cardano aveva accompagnato le parole con un gesto sprezzante.

"E chi ti dice che nun pozzo capì? Come dicevi, Carda'? Ebbri, ebbri! Bisogna essere sempre ebbri! Di vino, di poesia o di virtù!"

"Stai zitto, deficiente! Stai zitto!"

"Volevi vivere sempre ebbro, Carda'? E mo' lo faccio io per te, perché tu sei un pezzente! Ti è piaciuta, 'a roulette a Montecarlo? E mo' fottiti! Lo vedi? Non tieni nemmeno gli occhi per piangere."

Cardano gli puntò il dito contro.

"Tu non hai mai vissuto, perché sei un miserabile. Io ho sperperato e ho perduto, ma grandiosamente! Vuoi rifare Palazzo Donn'Anna, e non capisci che è bello perché il mare l'ha divorato..."

Ferdinando stava rispondendo a Cardano, ma il cellulare squillò intonando l'*Inno alla gioia* di Beethoven.

"Pronto! Pronto! Ah, amore, sei tu. Sì?"

Si rivolse a noi strizzando l'occhio, e mormorò: "So' arrivate le cose antiche".

"E 'o Caravaggio ci sta? Sì, il quadro con l'angelo! Ma come? Quello Cardano mi ha sempre fatto 'na capa tanta che Caravaggio è la poesia della passione assoluta! Sì, è un capolavoro, Armi'! Ti fa paura? E va bene, allora ce lo regaliamo a tuo fratello. Mo' ti devo lasciare, amore, ci vediamo stasera."

Spense il cellulare e si rivolse di nuovo a noi, entusiasta.

"È n'amore 'e guagliona, 'sta nordista, e a letto tiene una forza..."

Si udì di nuovo l'*Inno alla gioia*.

"Pronto! Eh, stiamo salendo, e che miseria! Sto venendo, Calebba', sto venendo! Ci sta pure il pezzo grosso? E aspetta, Calebba', aspetta. Ciro, nun penzà 'o senso vietato, e si 'o vigile te ferma vùttalo sotto!"

C'era una riunione importante, e lui era in ritardo. Ma ci voleva far vedere lo stesso una cosa che aveva progettato personalmente, e ordinò a Ciro di passare per Nisida.

"Bravo, il tuo posto è là. Così ti chiudono nel carcere minorile e buttano la chiave."

"Ma qua' carcere minorile, Carda'? Allora non sai niente! Aspetta, così hai la sorpresa, ma una sorpresa grossa."

Invece del carcere minorile, a Nisida stavano costruendo una villa romana.

"Sciaca', spiega, spiega a questi ignorantoni!"

Era l'antica villa di Bruto, ma ricostruita secondo un'idea moderna di urbanistica. A Nisida aveva attraccato le sue navi Ulisse, era un luogo della storia più antica della città che oggi tornava al suo splendore.

"Ma leggi, Carda', leggi là! Sopra, 'ncoppa 'a villa..."

Sulla parte più alta del complesso un'elaborata insegna luminosa diceva *Gran Casinò Villa Bruto*. Non gli piaceva? Ma come? Quello era un esempio meraviglioso di integrazione tra passato e futuro! Lo Sciacallo cominciò a dire che tutta la zona di Bagnoli e Coroglio sarebbe diventata la nuova Costa Azzurra italiana, ma Ferdinando lo interruppe.

"Cannes? Nizza? 'A prommenadde dessanglaìs? Ma nun me facessero rìrere! Quando dichiareremo il porto franco..."

"Il porto franco? Qua?"

Sì, a Bagnoli, e che ci stava di strano? Bagnoli a Montecarlo e a Las Vegas se li mangiava! Ora non vedevamo ancora niente, perché non tenevamo fantasia, ma lui sentiva già l'orchestra zigana.

"E ci mettiamo pure 'a roulette di argento massiccio, Carda', così ci vieni a sbavare sopra."

"Ma il carcere? E i ragazzi?"

"Robe', e secondo te li buttavamo a mare? Ci servono, ci servono pure quelli! Il Calebbano dice giusto: 'Noi siamo schierati dalla parte del bene, i giovani vanno inseriti nel mondo del lavoro, senza lavoro l'uomo è un animale'. Li mettiamo a faticà, Roberti', quello che tu non fai! Senza stipendio, è logico, se no la rieducazione addó sta cchiù? Con un poco di frusta la gente si sveglia, scétate pure tu, o fai 'a stessa fine. Ciru', vai e metti un poco di radio. Sì, così, e alza il volume!"

Improvvisamente la musica da discoteca che faceva vibrare le sedie e che Ferdinando assecondava col braccio si interruppe in uno sfrigolio, e dalle quattro casse negli angoli si riversò nel pulmino una massa sonora di fiati e archi, e nell'urlo dei contrabbassi arrochiti scoppiò la musica di una marcia apocalittica.

"Ma che e? Che è succiesso?"

Ferdinando manovrò le manopole, prese a pugni la radio, ma la marcia continuava. Cardano sorrise e mormorò: "È Mahler, è la marcia funebre che suona per tutte le tue stronzate, Ferdina'".

"Che 'e ditto? Che 'a ditto, precetto'? A marcia funebre? Ma io 'o schiatto, 'stu stereo! E chi è 'stu Malèr?"

Ma prima che il precettore rispondesse, la musica si interruppe di colpo, e una voce uscì dall'apparecchio.

"... Una rosa è una rosa, il pane è il pane, la bellezza è la bellezza... Conservate il senso delle parole, non lasciate che diventino false, non vi arrendete... Il pane è il pane, una rosa è una rosa, la verità è la verità..."

"Ma che dice 'stu scemo?"

La voce fu ingoiata dallo sfrigolio su un'ultima frase: "Non è finita".

"Chisto è Scardanelli, solo lui può essere. Ma io 'o faccio 'o mazzo tanto! Non è finita? Non vinceremo mai? Scardane', t'aggia fà 'a pelle! Te l'aggia fà magnà, 'a marcia funebre! E tu che rire a ffà, Carda'? 'Stu scemo! 'Sta faccia 'e cazzo! Ma io 'o stuto, 'o stuto pe' sempe!"

Con un calcio Ferdinando ruppe l'apparecchio, e continuò a inveire ancora per qualche minuto contro Scardanelli e i raffinati del cazzo, ma quando arrivammo alla villa scese silenzioso e si diresse in fretta verso l'ingresso.

Due giorni dopo Cardano entrò nella mia stanza dicendo che Ferdinando gli aveva proposto di andare a vivere qualche tempo giù in città con Andrea. Il vecchio minacciava di appiccare il fuoco al villino nel parco e di spianarlo con le ruspe, e forse era meglio se il ragazzo cambiava aria. Sì, Ferdinando aveva anche saputo che noi e Andrea frequentavamo una giovane archeologa, e sembrava convinto che attraverso la ragazza si potesse arrivare a Scardanelli. Tradire Nadja? Ma per chi lo prendevo! No, lui aveva accettato la proposta di Ferdinando, ma solo per ingannarlo. Come mi veniva in mente che lui avrebbe potuto fare del male a Andrea? E Cardano si aggiustò davanti allo specchio il fiocco stile Ottocento con il quale da qualche tempo sostituiva la cravatta.

"È l'unico vivo in questa famiglia, e io gli altri li odio come tu nemmeno puoi capire, Roberto. È solo che conosco l'arte della menzogna, ecco tutto." L'unica cosa che non gli andava giù, era il sorrisetto ironico del Calebbano. Che ridacchiava a fare, quello stronzo? Ma forse quel viscido animale non rideva di lui, ma di ben altro.

"Tu lo sai che il Calebbano si sposa di nuovo? E vuoi sapere con chi? Con Salomé..."

"Con Iolanda? Ma è minorenne! E poi è sua nipote..."

"Lui dice che si può fare, perché è figlio naturale, e avrà la dispensa dalla Sacra Rota. Nun capisce, Robe'?"

"E che devo capire? Sono parenti, lei è quasi una bambina, e avranno trent'anni di differenza. Che devo capire?"

"È proprio per questo che lo fa, è proprio per questo!"

Di colpo rabbuiato, e accompagnandosi con un gesto sfiduciato, Cardano mormorò che il Calebbano si era studiato *Lo yoga della potenza* già molti anni fa, e ora quel dèmone meschino voleva mettere in pratica "la via della mano sinistra", la ricerca del potere attraverso il sesso. Che dicevano i Tantra? E che predicava il Tao? Che la migliore fonte di energia per il sapiente è quella che viene da una donna giovanissima che ha il proprio stesso sangue.

"'E capito, Robe'? Il miserabile si fa la nipote e ringiovanisce! 'O vampiro taoista se zuca tutta l'energia d' 'a piccerella."

Avrebbe ottenuto l'annullamento senza problemi, Amalia era felice di liberarsi della figlia, e quella "piccola troia" non vedeva l'ora di sposarsi lo zio. Non c'era nessun altro ostacolo, Ferdinando aveva provato a opporsi ma il Calebbano lo aveva minacciato di far fallire il suo matrimonio con la nordista, e il fratello si era piegato. Ma era meglio se di quella fetenzia non parlavamo più, e pensavamo a noi.

Mi aveva già detto che andavamo a stare a San Gregorio Armeno? No, purtroppo non esattamente nella chiesa, ma nel convento. E adesso che facevo a fare quella faccia? Andrea pretendeva un luogo silenzioso, meditativo, e lui aveva proposto l'ex convento. Tanto i Negromonte si erano comprati pure San Gregorio Armeno, e Ferdinando dopo avergli detto che non sarebbe cambiato mai, aveva concluso che per lui poteva andare dove gli pareva. E chi lo sapeva se il posto per gente come noi non fosse proprio in un convento? In quella "lussuria dorata", in quel "boudoir mortuario", in quella "sacra alcova" lui avrebbe potuto ancora sentire il gusto della vita. Che gliene poteva importare di tutto il resto? Si realizzasse pure la società di formiche del Calebbano, tanto lui non era più di questo mondo.

"Io vengo da un'altra epoca, da un mondo finito. Sono un sopravvissuto, Robe', un sopravvissuto."

Almeno nella pace di San Gregorio Armeno avrebbe goduto di un ultimo splendore, di una bellezza che non ci sarebbe stata mai più sulla terra. Il resto non contava niente, anzi, il resto proprio non esisteva.

Sulla porta, prima di uscire, Cardano aveva cercato di dire qualcos'altro, poi ci aveva rinunciato. E a un tratto mi venne davanti la figura di profilo di Nadja, con gli occhi febbrili e la folta massa di capelli neri che si scostava dalla fronte con un gesto impaziente. A lei non sarebbero piaciute le parole di Cardano, e avrebbe detto che non bisognava affidarsi alle ombre. La vidi di nuovo mentre si stringeva a Andrea fissandolo negli occhi e infilandogli la mano nel colletto della camicia per attirarlo a sé, e cercai di scacciare l'immagine. Mi sentivo girare la stanza intorno e mi rimbombavano in testa le voci di mia madre e del Calebbano che si intrecciavano, mi chiamavano, mi fischiavano dietro sghignazzanti. Mi voltai di scatto per vedere, ma colsi solo il profilo della mia ombra che si allungava sul muro. Era lui? Come se le parole avessero potuto aiutarmi, balbettai a voce alta che bisognava compiere l'azione senza aspettarsi il frutto dell'azione. Ma mi sembrò di sentire mia madre e il Calebbano che ridevano ancora più forte, ridevano e mi battevano con le mani sulla spalla. Mi assalì un conato di vomito e mi alzai cercando la *Bhagavadgītā*, spaccai il libro lungo il dorso e infilai i pezzi nel cestino del bagno. Poi mi buttai di nuovo sul letto, bocconi, sperando che arrivasse qualche ora di sonno, ma presto, prima che ritornassero le voci e le risate.

A San Gregorio Armeno arrivammo a mezzogiorno, sudati e intontiti dal caldo feroce, dal traffico e dalle continue deviazioni. Cardano sembrava pieno di energia, e insistette con l'architetto che ci aveva accompagnati per andare subito a respirare "la fioritura dorata" della chiesa ora che non c'era nessuno. Ma l'interno di San Gregorio Armeno era invaso da ponteggi issati su impalcature di tubi e da grandi teloni di plastica sporchi di calce che coprivano la vista della navata e delle cantorie. Cardano si aggirò per un po' in mezzo ai sacchi di gesso e agli attrezzi, silenzioso. Poi mormorò: "Che è successo? Ci stanno i lavori nella chiesa...". Ma come, sul serio non lo sapeva? L'architetto si guardò intorno soddisfatto, e spiegò che i lavori servivano per aprire il ristorante come aveva deciso "don Ferdinando" nel progetto di restauro. L'architetto batté la mano sulla spalla di Cardano per rassicurarlo. La ditta di restauri stava facendo un lavoro coi fiocchi, e sarebbe venuto un localino "come Dio comanda", una cosa finissima. Anche lui amava la roba antica, che cosa ci credevamo? Non c'era da preoccuparsi, avrebbero lasciato tutto come prima, e se no dove stava più l'attrazione? La chiesa restava praticamente tale e quale, solo che sull'altare ci mettevano gli antipasti a buffet, e al posto degli scanni i tavolini a prenotazione.

"Le cucine verranno dietro, nella sacrestia. Non vi preoccupate, è un progettino fatto a mestiere."

Incupito, Cardano si aggirò ancora per la chiesa, poi seguì l'architetto nel convento. Le stanze che ci erano state assegnate erano piccole e con il soffitto basso, perché da ognuna di esse il progetto di ristrutturazione per l'albergo aveva ricavato due alloggi. Nel chiostro la fontana barocca con i delfini e il Cristo e la Samaritana giaceva imballata in un telone, in attesa di essere spedita a Villa Negromonte. Eh, quello don Ferdinando era un uomo di gusti raffinati, uno che l'arte la capiva! Non eravamo d'accordo? Secondo l'architetto, con le idee dei Negromonte quella città finalmente sarebbe cambiata, e nessuno l'avrebbe riconosciuta più. Quando se ne andò, dalle scale giunse ancora la sua voce entusiasta.

"Qua cambierà tutto, tutto! E che facciamo, tutti vanno avanti e noi ci fermiamo? Il progresso ormai non lo ferma più nessuno..."

Cardano poggiò le due mani sulla balaustra di pietra che dava sul cortile del chiostro e rimase a lungo a guardare. La fontana asciutta e smontata, chiusa nel sacco di plastica, sembrava di là sopra un gruppo da giardino in gesso appena uscito dalla fabbrica.

Andrea pareva indifferente alla situazione, e ripeteva a Cardano che era necessario non crearsi idoli. A che serviva l'arte se c'era la carità? E l'ex convento in pochi giorni diventò una casa senza porte, dove entravano e uscivano studenti fuori corso, ragazze dei quartieri bene che ballavano la tammurriata, facce senza età che si dichiaravano per la ribellione totale discutendo per ore, e molti dividevano con noi i pasti che arrivavano dalla Taberna Luculli appena aperta a via Tribunali. Io non riuscivo a capire bene che cosa volessero anche se a volte mi esaltavo e gridavo insieme a loro, ma Andrea sembrava felice di quelle urla, spesso li abbracciava quando parlavano e rideva felice come un bambino quando la confusione e le grida erano al culmine.

Ora l'unica musica che si sentiva nell'ex convento era lo schioccare delle nacchere e il fracasso di sonagli delle tammorre che accompagnavano i ballerini. Andrea si metteva anche lui a battere le mani, e spesso ballava insieme agli altri in improvvisi attacchi di sfrenatezza. Ma quando cominciava a dire con entusiasmo che quella era la vera voce del popolo, Cardano insorgeva sprezzante. Il popolo? Ma quale popolo! Li vedeva come erano vestiti i suoi figli del popolo? Jeans firmati, gonne da finte zingare, mocassini da centocinquanta euro al paio. E quello era il popolo? Sogghignando, Cardano diceva che se lui doveva fraternizzare con quel popolo, allora preferiva farsi ghigliottinare. Ma quelli non erano buoni nemmeno a tagliare le teste agli aristocratici, e allora che ci campavano a fare?

Andrea si rabbuiava ogni volta, gli diceva che non era più capace di amare il prossimo, e senza l'amore era diventato nient'altro che un pagliaccio. Non lo capiva che bisognava dare, dare senza aspettarsi nulla in cambio? E agitando la testa riccioluta ripeteva: "Non lo capisci? La carità tutto scusa, tutto spera, tutto sopporta". Ma i suoi discorsi sulla carità non si concludevano mai, e spesso cadeva in silenzi trasognati, e restava muto per ore intere a fissare nel vuoto.

Ogni mattina, quando si svegliava, entrava nelle stanze per aprire le imposte e rideva augurandoci di sentirci come si sentiva lui. Quando le discussioni si accendevano fino allo scontro, batteva felice le mani e parteggiava per uno o per l'altro, ma pareva che lo facesse a caso, e all'improvviso sbadigliava e se ne rimaneva a lungo in disparte, senza più parlare. Anche Bianca sembrava felice, e si buttava allegra in tutte le discussioni. Aveva sostituito i suoi tailleur eleganti con jeans e magliette elasticizzate che le scoprivano l'ombelico dove luccicava un brillantino, aveva grandi orecchini all'orientale e si era tagliata i capelli con la frangetta.

Una sera, mentre Andrea stava parlando con un gruppo di studenti, sulla soglia era comparsa una bambina. Aveva la faccia smunta con dei grandi occhi neri sotto un arruffio di capelli ricci, e fissava Andrea incantata. Poteva avere dodici anni, forse meno, e ai lobi portava due piccolissimi cerchietti dorati. Tirò su col naso più volte, ma non tolse gli occhi di dosso a Andrea che stava parlando.

"Non lo capite? Se aboliamo la vendetta, la pazzia che io faccio questo a te perché tu lo hai fatto a me, ecco! Siamo finalmente liberi di amare."

La voce di Cardano si levò da un angolo, disgustata.

"Liberi di amare? Libero è solo chi ha ucciso quello che ama. E a chi la dai, la tua carità? L'amore è fatica, è il lavoro più grande. E il tuo popolo nun vo' fà niente, vuole solo arraffare e fottere, quella è la sua libertà. L'amore non interessa a nessuno, Andre', a nisciuno."

Nella confusione di grida che si erano levate contro Cardano la bambina, sempre senza staccare gli occhi da Andrea, si infilò in mezzo ai corpi e gli arrivò quasi addosso. Poi si mise a tirarlo per un braccio, ma Andrea non si muoveva, e allora la bambina, che con la testa arrivava a stento al suo sterno, lo allacciò alla vita e lanciò un urlo acutissimo. Andrea cercò di sollevarle la testa, ma non ci riusciva, la bambina si stringeva al suo corpo disperata, e quando Bianca provò a staccarla da lui strillò di nuovo, selvaggiamente. Poi, con la testa schiacciata sullo stomaco di Andrea, sillabò tra i singulti: "Io te voglio bbene! Io nun capisco chello che dice, ma io te voglio bbene!". E solo più tardi, quando tutti se ne furono andati, riuscimmo a separarla da lui. Poi Andrea si sedette sul pavimento con lei, e presto la bambina scoppiò a ridere perché lui le aveva fatto vedere un gioco con le dita intrecciate. La bambina lo fissava sorridente dritto negli occhi, e all'improvviso diceva: "Si' bello, tu, si' bello". Andrea provò più volte a chiederle come si chiamava e dov'erano i suoi genitori, ma la bambina a queste domande agitava la testa guardandosi attorno sospettosa, e ripeteva ostinata: "No, no, nun tengo a nisciuno". Solo quando capì che sarebbe rimasta con Andrea e che nessuno voleva riportarla per forza da dove era venuta, bisbigliò che si chiamava Nina, e corse a rifugiarsi tra le braccia di Bianca.

Nel convento erano ripresi i lavori, e riposare o sfuggire al frastuono e al rombo delle betoniere era impossibile. Solo Andrea era capace di restare per intere giornate a ciondolare per le stanze, o sdraiato sul letto ma senza dormire. La bambina stava sempre con lui, e non eravamo riusciti ancora a sapere da dove venisse. Parlava un dialetto strettissimo che faceva ridere Andrea, che lo capiva a stento. Lui aveva deciso di insegnarle a leggere, ma la bambina si era rifiutata, e una volta gli aveva detto che nel carcere "d' 'e cape 'e pezza" non ci sarebbe tornata mai più. Così Andrea le insegnava a giocare a dama, e lei imparava rapidamente. Cardano non usciva mai, e solo quando gli operai smontavano si trascinava dentro San Gregorio Armeno, ma ne ritornava ogni volta più cupo e andava a chiudersi silenzioso nella sua cella.

Uscivamo io e Nadja, perché nessun altro voleva camminare nel caldo umido di agosto che incollava la pelle ancora a notte avanzata. Fin dove riuscivamo a spingerci, sempre a piedi perché tutte le metropolitane erano chiuse per i lavori, la sensazione che ci afferrava era quella di essere perduti in un altro mondo. Dal sottosuolo stavano scavando fuori i resti della città greca e romana, le facciate delle case erano quasi tutte rifatte, dovunque spuntavano insegne luminose di taverne e ogni buco si stava trasformando in locanda. Cominciavamo a vedere donne grasse travestite da matrone romane e uomini che si provavano ridendo le toghe, e ci sembrava di non riconoscere più niente. Solo il tracciato delle vie era rimasto uguale, e ci permetteva ancora di orientarci e ritornare a San Gregorio Armeno.

Nadja si fermava a guardare le facciate che non avevano subito trasformazioni, e a volte sfiorava con le mani le pietre di tufo che anche molto dopo il tramonto conservavano il calore della giornata. Arrivavamo alle Fontanelle, ai Miracoli e fino a dove il vico Paradisello moriva nei vigneti, e le giornate scorrevano lente, lunghissime. La luce era ossessiva, e a tarda notte c'era ancora un chiarore che sembrava non finire mai. Andavamo in silenzio, nel sole feroce dei pomeriggi avanzati e nelle sere soffocanti di afa, e Nadja una volta disse che era per l'ultima volta, e che questa era la sola preghiera che potevamo dire per tutto quello che stava morendo. Una frenesia febbrile si era impadronita della città, e sulle soglie delle case si parlava solo di teatro, di soldi, di terziario.

"'O turismo totale! Ma tu 'e capito, Miche'? È nu grand'omme, 'stu Negromonte..."

"Non dobbiamo fare niente. Ieri ha detto alla televisione: 'Volete vivere la vostra vita? Bene! Quello sarà il vostro lavoro'..."

"È nu grand'omme! 'Niente più lavoro subalterno, basta con lo stipendio, ora siete tutti padroni.' 'E capito? Simmo tutte padrune!"

Le teorie del Calebbano risuonavano nei vicoli più sperduti, su tutte le bocche, e nessuno sembrava sorpreso dai cambiamenti. Nadja mormorava sconsolata che ormai anche le facce delle persone si erano trasformate, e che tutto era finito, per sempre. Una sera ci eravamo sfiorati per caso restando allacciati come per proteggerci dai motorini che sgommavano, dalle frasi biascicate nei cellulari, dalle urla. E un pomeriggio avevamo fatto l'amore in una macchia di alberi scampata alla devastazione dell'Orto Botanico, stringendoci senza dire una parola. Ma quando eravamo ritornati là il giorno dopo, non era stato lo stesso.

Avevo la sensazione che il tempo mi mancasse, che sarei morto da un momento all'altro, e stringendole un polso volevo trascinarla di nuovo lì. "Lasciami, mi fai male! Non mi va più e basta." "Ma perché?" "Perché lo fai per disperazione, e non mi piace." A volte lei mi prendeva la faccia tra le mani e ci baciavamo a lungo, in piedi contro un portone sopravvissuto o dentro un androne buio, con i denti che si urtavano e stringendoci fino a sentire le ossa che dolevano. Come se continuassimo a parlare anche quando restavamo muti di fronte a quello che accadeva, a un tratto rompevamo il silenzio, costretti a gridare per riuscire a sentirci in mezzo ai motorini, alle ruspe, alle betoniere.

Le gridavo che la amavo, e subito dopo che la odiavo perché era innamorata di Andrea. "Gli voglio bene come a un fratello. Non lo capisci?" No, non lo capivo, e una rabbia infantile mi invadeva quando lei si rifiutava di fare l'amore e si metteva a ridere. Era proprio l'unica cosa che riuscivo a pensare? Ma mi ero mai preso cura di qualcosa sulla faccia della terra? "È quello che voglio, io non posso vivere se non ci sei!" Nadja allungava il passo e diceva che parlavo troppo, come tutti, e non avevo imparato a dimenticare. Ma io sapevo di avere dimenticato anche troppo, e avrei voluto ritornare a prima dei giorni sbadati e inutili, a prima dell'ansia che mi mordeva allo stomaco senza preavviso. Se provavo davvero a ricordare ero afferrato dalla nausea, e mi veniva voglia di picchiare le facce per strada. "Che cosa abbiamo da fare in questo mondo con il nostro amore, la nostra fedeltà?" Le parole di Novalis mi ossessionavano, e gliele ripetevo. Lei mi guardava e scuoteva la testa, ma diceva che forse io ero l'unico a capire, anche se restavo un idiota. Mi arruffava i capelli spingendomi via e a bassa voce cominciava a canticchiare una canzone, sempre la stessa, come tirandola fuori da un pozzo profondo. *Dance me through the panic, dance me very long, dance me to the end of love.* Sapevo che la cantava solo per sé, ma quelle poche frasi appena accennate bastavano a farmi salire le lacrime agli occhi.

A volte la rimproveravo perché aveva smesso di suonare, dicendole che non aveva il diritto di sprecare il suo talento. "Io faccio quello che mi pare! E tu che ne sai che significa la musica per me?" "Ma perché, perché ti sei arresa?" Allora Nadja si faceva silenziosa, e lo sguardo le si induriva. La musica! Ma dove vivevo? "Non sento più niente. Roberto, non riesco a sentire più nessuna musica." Con un gesto rabbioso indicava le strade, il furore del rinnovamento, le case rimesse a nuovo, i ristoranti con le insegne fluorescenti.

"'O museo vivente, ma tu 'e capito?"

"Comme no! Comme no! 'O lavoro è divertimento..."

"Quello Negromonte ha detto dentro alla televisione che la nostra vita adda diventà nu tiatro!"

"Ma 'e sentuto? Casa e puteca, casa e puteca! La casa sarà la bottega, e la bottega sarà la casa!"

"So' frische overo, 'sti Negromonte, so' gente ch' 'e palle!"

"E secondo te se non erano capaci si facevano tutte quelle proprietà?"

Le voci ci inseguivano dovunque, come un mare che copriva tutto, e a volte mi sembrava che anche la mia si unisse alle loro. E quando ritornavamo a San Gregorio ammutoliti, ero così stanco che invece di dormire restavo sveglio nel buio a lungo, e ogni scricchiolare e frusciare mi faceva sobbalzare come un morso invisibile che mi addentava al ventre.

Andrea aveva cominciato a uscire dal convento e a fare lunghi giri, ma con la bambina. Non ci incontravamo mai, e quando chiedevo a Cardano dove andassero ne ricevevo in risposta solo un'alzata di spalle. Si era lasciato crescere una barba disordinata, i vestiti che si era portato dietro apparivano gualciti e indossati controvoglia, e l'unica cosa che sembrava interessarlo era la qualità dei vini che arrivavano dal ristorante. Ma una sera che Nadja era rimasta fino a tardi perché voleva aspettare Andrea, Cardano disse all'improvviso che eravamo dei poveri idealisti, e non avevamo capito un accidente. Ah, non vedevamo niente, noi? Era una comodità, non vedere! E baloccarsi con la città ferita, l'amore impossibile, le cose che finiscono! Ma lo sapevamo che Andrea andava in giro a fare il cristiano?

"'O scemo si crede di fare il bene. Entra nelle case, si mette a fare discorsi, regala soldi alla gente. Ancora altri soldi?"

Un deficiente, ecco cos'era diventato il suo migliore allievo.

"Ma lui è pulito, e a te cosa importa se aiuta i poveri?"

"I poveri! Ma addó stanno, 'sti poveri? E poi tutte quelle cazzate sulla carità! 'A carità coi soldi dei Negromonte..."

"Ma tu non ti sei visto? Sei imbottito di oppio fino agli occhi, e chi te lo dà l'assegno per farti i tuoi paradisi artificiali del cazzo? E poi chi si è messo a viziare la bambina con tutti quei peluche, le bandane di seta e i dolci?"

Cardano arrossì violentemente, e rispose che quelli erano affari suoi. Il dolore aveva diritto a qualsiasi cosa, lui lo sapeva bene che "i piccoli lussi" non avrebbero sanato nessuna ferita, ma l'oblio di un attimo era l'unico bene che esisteva in questa vita. E poi lui non si atteggiava a salvatore di nessuno. Ma Nadja lo capiva veramente, quello che stava facendo Andrea? Cardano la guardò, e disse a bassa voce: "È puro anche promettere di sposarla quando sarà cresciuta?". Poi fissò nel vuoto, stringendo le labbra in una smorfia. Non l'avevamo mai sentita nel buio, di notte, a tutte le ore? "Nun me vattite! Mammà, nun me vàttere, faccio tutte chello che dice tu! Però nun me vattite cchiù!" Non l'avevamo mai vista svegliarsi urlando, sudata e tremante, e battere i denti fino a mordersi e a sanguinare? Lui quando sentiva quell'urlo non riusciva più a prendere sonno, e doveva restare sveglio fino all'alba.

Cardano tacque, come trasognato, e si prese la testa fra le mani. Andrea doveva andare via, lasciare tutto, per sempre. Non c'era più nessuna battaglia da combattere, erano già state perse tutte. Forse Andrea e noi potevamo ancora salvarci, ma dovevamo andarcene via tutti, lontano, a fare qualsiasi cosa, gli operai, i facchini, i camerieri, ma lontano da lì, molto lontano. Storse la bocca e fece un gesto di stizza.

"La libertà e l'amore con i soldi dei Negromonte? Con i soldi dei Negromonte c'è solo la morte! Non lo capisci, Nadja? La cerimonia dell'innocenza è finita..."

Nadja non replicò. Si era appoggiata con le spalle alla parete e si passò la mano sul viso come per scacciare qualcosa. Poi disse: "E tu?".

"Guardami, Nadja, guardami! Lo hai detto tu, lo vedi che sono diventato? Mi vedi bene? Io non voglio niente, non sono più nessuno. La vita? La vivano per me i miei domestici..."

"Carda', ma tu nun 'a furnisce mai 'e dìcere strunzate?"

Nel vano della porta era comparso Ferdinando, seguito dal precettore. Scrutò attentamente Cardano, e scosse la testa.

"Guarda come stai trascurato, Carda'! Tieni pure la camicia sporca. E il nodo? Tieni la cravatta col nodo storto! Ma che è successo? Vieni, vie', qua non ci sta più niente da fare. Precetto', chi la dice quella frase 'ncoppa ai domestici? E mo' che vuol dire non lo so? Ma tu allora nun sai niente!"

Scendendo ci disse che lui stava facendo dei sopralluoghi, di notte perché ormai in certe zone i lavori intasavano le strade e non si riusciva più a passare. Perché non veniva anche Nadja, con noi? Era archeologa, no? E allora le sarebbe piaciuto, quello che ci portava a vedere. Per Andrea non dovevamo tenere pensieri, perché c'era chi se ne occupava. Allora, ci veniva o no? Nadja alzò le spalle, si buttò i capelli all'indietro, e ci avviammo.

Secondo Ferdinando la città non si doveva più chiamare Napoli, il vecchio nome era troppo carico di negatività, era diventato banale. La città si doveva ribattezzare, e in omaggio alle sue origini il nuovo nome sarebbe stato Sirena.

"Avete capito? Precetto', spiego io, chiure 'stu libro."

Mentre lui parlava il pulmino si era fermato in uno spazio che somigliava a piazza dei Martiri, ma uno sbarramento di transenne impediva l'accesso, e la piazza non esisteva più. Lo sapevamo, noi ignoranti, che da piazza Plebiscito a piazza dei Martiri e fino al Chiatamone era la "zona originaria" di Napoli? Ferdinando allargò le braccia come un predicatore.

"E noi qua lo sapete che facciamo? Ci costruiamo la Cripta Napoletana... Sì, precetto', neapolitana, ho capito, mo' però statte zitto! Noi la scaviamo da qua fino a Cuma, come i Romani!"

"Ma questo è impazzito! La mappa geologica dice che questa è una zona ad alto rischio. Non si può scavare, sarebbe il disastro."

Niente affatto, Nadja si sbagliava, e lo sapevano tutti che i geologi dicevano solo "nu cuófeno 'e strunzate". La via da Napoli a Cuma si doveva ripristinare, assolutamente. Strabone non diceva che i carri la percorrevano nei due sensi? E allora lui ci avrebbe fatto una tangenziale a sei corsie.

"E che? 'E Romane fossero cchiù capace 'e me? 'E capito, Carda'? Qua viene una sola città da Castel dell'Ovo fino a Cuma, e noi facciamo il paradiso sulla terra."

Ah, lo Sciacallo voleva realizzare il progetto di Vanvitelli e scavare il canale che collegava la Reggia di Caserta con il golfo di Napoli? E lui allora lo superava, e faceva scorrere di nuovo tutti gli antichi fiumi della città. E certo! Incanalava il Sebeto dove ora ci stava via Pessina, e poi lo faceva sfociare a mare. Il dissesto idrogeologico? Il pericolo che sprofondassero intere zone? Ma la volevamo finire! Il progetto per *Eternapoli* era perfetto e basta.

"Ma il mare arrivava tra piazza Municipio e Pizzofalcone. Il porto di Partenope era quello..."

"E bravo a Roberto! E qual è 'o problema? Allargammo pure 'o puorto, Robe', facciamo il porto a piazza Municipio! Leggi, precetto', leggi! Quello sottolineato..."

"Il suo clima è temperato, con tiepidi inverni e fresche estati, un mare tranquillo la lambisce con le sue languide onde..."

"Però so' belle overo, 'sti 'languide onde'! E il turista ci va pazzo, per il clima temperato..."

"Regna in questa zona una pace serena, l'ozio di una vita di riposo non subisce turbamenti, e si dormono lunghi sonni..."

"Però ce vonno pure 'e Casinò, un poco di divertimento ci deve stare, e che maronna!"

"Tutto intorno abbondano i divertimenti. Ischia, L'Antro della Sibilla, Capri..."

"Ma chisto è overo grande, 'stu Peppino Stazio, è 'na cima... Sì, precetto', Papinio, no Peppino, ho capito! Insomma noi tutto questo paradiso ce lo vendiamo, ci vendiamo l'ozio e il mare, e pure a Peppino Stazio! Ce vennimmo 'a Sirena sott' 'e 'ncoppa..."

A un tratto Nadja, che guardava fuori nel buio le transenne e le gru, si voltò verso Ferdinando.

"Tu non ti venderai niente, Scardanelli lo impedirà. Non lo prenderete mai."

"E chi lo vuole prendere? Quello pure Scardanelli serve. E po', bella, a quello io lo faccio arrestare quando mi pare e piace. Scardanelli è fernuto! Ce lo do alla camorra, 'o faccio appiccià addó se trova, 'e capito?"

"Come avete fatto col sindacalista di Casal di Principe? Come avete fatto con tutti gli altri?"

Ferdinando la fissò tranquillo.

"Allora non hai capito niente. E noi che c'entriamo? Lo fanno loro, liberamente. Tu tiene 'o diritto 'e fà 'o sindacalista? E un altro tiene il diritto 'e te sparà. Libertà e uguaglianza, piccere', e diritti uguali per tutti..."

"Tu sei... Tu non sei niente... Tu sei solo un pezzo di merda!"

Nadja aveva gridato le ultime frasi con la voce strozzata, sbiancando. Ferdinando levò di scatto il pugno, ma lei si era già precipitata per la scaletta, e poi giù in strada. Nel buio la vidi allungare il passo, in fondo, verso il mare. Non avevo avuto nemmeno il tempo di parlare, e non pensai di seguirla. Ferdinando aveva dato ordine di tornare alla villa, e si era messo a tamburellare sul tavolinetto, parlando tra sé. "'Sti quatte strunze! Scardanelli! E chi è Scardanelli? È nu falluto 'e archeologo d' 'o cazzo, uno che nun 'a capito niente." Infilò nello stereo un compact, e la marcetta di *Funiculì Funiculà* invase il pulmino.

Dovevano essere le tre di notte, ma la strada era un fiume di macchine e di traffico, e i locali scintillavano di luci. Ero caduto in una sorta di torpore, mi ripetevo che sarei sceso, ora gli dicevo che volevo scendere subito, e che lui era un pezzo di merda, ma non mi mossi. Dondolavo la testa di qua e di là a ogni scossa, e non riuscivo nemmeno a stendere le dita delle mani che si erano contratte stringendosi al sedile. Guardavo dal finestrino ma non vedevo più niente, solo lo scintillio delle insegne e i lampi sulle carrozzerie delle automobili. Non volevo pensare e strinsi i denti, la voce di Nadja risuonò come se mi stesse parlando all'orecchio ma non riuscivo a decifrarla. Sentivo solo "Iamme, iamme, 'ncoppa iamme ià, funiculì funiculà, funiculì funiculà", e quasi senza rendermene conto, cominciai a muovere le labbra.

Chi vuole conservare la sua vita la perderà, ma chi è disposto a perderla troverà la vita vera. Diceva così il versetto del Vangelo che aveva citato Cardano? Non riuscivo a ricordare, e poi non credevo più che esistesse una vita vera. Perché non cambiava mai niente? A Villa Negromonte era già autunno, ma una polvere che pioveva dal deserto velava di caligine il cielo. Sapevo che non avevo seguito Nadja per paura, e se ci ripensavo mi sentivo soffocare. Mi tornavano alla mente le scritte di Scardanelli che avevamo letto insieme sui muri giù in città, ma ora quelle parole per me non significavano più niente, e mi sembravano solo l'isterica buffonata di un pazzo.

Su Andrea arrivavano notizie che facevano storcere la bocca a Cardano. Come risvegliandosi dallo stato di dormiveglia continuo che ormai lo accompagnava, diventava ironico, e se la prendeva con Miranda che torcendosi le mani si preoccupava per Andrea.

"Sì? Va chiedendo l'elemosina? Overo? Ma che cosa straziante! Io soffro e gemo, Mira'! Non lo vedi? Mi scorrono le lacrime..."

Andrea era stato visto con la ragazzina a piazza Garibaldi che tendeva la mano, ma secondo un'altra voce lui stava seduto su un cartone suonando un tamburello e la bambina ballava, e dopo andavano intorno col piattino.

"'O piattino! 'O piattino! E bravo il giovane Negromonte! Mira', è un'altra esperienza, nun capisce? Quello si crede di essere Siddharta, Mira'..."

Miranda gli faceva segno di non gridare, che lo potevano

sentire! Per la famiglia era un dolore, e la cosa si doveva tenere nascosta.

"A chi? Questi criminali sanno tutto! Chillu scemo 'e mmerda! 'A tammorra e 'o piattino!"

Pareva che Andrea girasse senza vergogna per la città con la bambina e un gruppo di straccioni, e si era lasciato crescere la barba. L'altro giorno lo avevano visto fuori al cimitero di Poggioreale che voleva dare dei soldi a una vecchia, ma quella non li aveva presi o l'aveva scambiato per un rapinatore, non si capiva bene.

"È tutta commedia, è solo commedia! La barba come Gesù Cristo? Mo' pure 'a barba? Mira', lascia perdere che è meglio."

A un tratto Cardano si era rabbuiato, lasciandosi andare su una sedia. Sembrava caduto in una tristezza profonda, e alzò le spalle. Che doveva capire, Miranda? Lei non se lo immaginava nemmeno quello che teneva scritto in faccia quel ragazzo, ma era meglio che invece di smaniare su Andrea pensasse ai guai suoi, perché ne aveva abbastanza per piangerci sopra fino a quando andavamo a finire tutti quanti sottoterra.

Un sabato mattina mi svegliai per le voci che arrivavano dal piano di sotto.

"Tu a me questo non me lo fai, Amalia!"

Era la voce di Cardano, che a metà della scala gridava rivolto in basso verso la moglie.

"Sì? E perché no? C'ho tutte le ragioni, Carda'."

Anche Amalia era uscita in vestaglia come Cardano, con i capelli sciolti ma già truccata perfettamente.

"Io ti ripudio, questo è tutto, è inutile che fai tutte queste sceneggiate. E se ti stai tranquillo è meglio per te, stammi a sentire."

"Io tranquillo! Subire l'ingiustizia e tacere come un servo? Mai! E voi che fate, qua? Smammate, iatevenne, trasite dinto!"

135

I nipoti erano sbucati dalle loro stanze e osservavano la scena ancora mezzi addormentati, ma non ubbidirono.

"Allora vuoi lo scandalo, Amalia? È questo che vuoi? Ma non mi fai paura, perché io sono un artista, e vivo di scandali."

Scese due scalini verso la moglie, e con un tono di profondo disprezzo scandì lentamente: "Tu sei sepolta nella tomba della carne, lo capisci? Tu non sei mai nata, Ama'".

"Ma che dici, ma che stai dicendo?"

Amalia adesso si era slanciata verso le scale con l'aria di voler salire.

"Sono cinque anni che non sei buono a fare un figlio! E mo' te ne esci con queste frasi di cretino? Ma che vuo'? Io con un fallito non ci resto!"

"Sei solo un pezzo di materia informe, Amalia, cerca di capirlo. E lo sai che vuole la materia? La materia vuole fottere. Ma fottere vuol dire aspirare a entrare in un altro, e il vero artista non esce mai da se stesso!"

Cardano aveva alzato la voce e la modulava come se stesse recitando, ma la moglie cominciò a chiamare tutti.

"Venite, uscite tutti! Avanti, tutti quanti a vedere il raffinato, l'uomo superiore senza i coglioni! L'artista non esce mai da se stesso? Ma chi si'? Tu nun si' bbuono, Carda', tu non sei più buono! A te tutte le zoccole che ti sei fatto ti hanno svuotato il cervello!"

Lei lo ripudiava e basta, e se lo sentiva dire ancora una parola "cu' chella cessa 'e vócca" gli toglieva pure le scarpe, lo lasciava a chiedere l'elemosina in mezzo alla strada e andava dicendo a tutti che Cardano non era più buono.

"È ricchione! 'O zio è ricchione!" gridò a un tratto Fabrizio, e subito tutti cominciarono a sbattere le mani e a ripetere: "'O zi' è ricchió-ne, 'o zi' è ricchió-ne, 'o zi' è ricchió-ne". Amalia adesso stava salendo le scale, minacciosa.

"Io sono una Negromonte, hai capito? E tu nun si' nisciuno! Mi fidanzo con Marcello, e lo voglio dire a alta voce!

Perché è un uomo vero, non come te, perché tu..." Non riusciva a trovare la parola giusta, poi d'un tratto sibilò: "... Perché tu sei solo una mezzafemmina! Tu chesto si', sulo 'na mezafémmena!".

"Mezafémmena! Mezafémmena!"

"È ricchione! 'O zi' è ricchione!"

Alfredo si era fatto più vicino a Cardano e aveva cominciato a imitarlo, ma con una vocetta femminile.

"Voi non sapete chi sono io! Io sono Carlo Cardano, un uomo superiore, un artista! E lo sapete che cosa fa un artista?"

"'A zoccola 'ncoppa 'e quatto vie!" gridò Gianfilippo tra le risate. "E lo sapete quanto mi piglio alla botta?" E Fabrizio si mise le mani sui fianchi, sculettando. "Diecimila senza preservativo! Perché io sono un artista economico..."

Cardano era sbiancato, e aveva afferrato il corrimano della scala come per sostenersi. Anche le ragazzine si erano messe a ballare e a sbeffeggiarlo, e la confusione era al colmo. Miranda correva dall'uno all'altro cercando di farli stare zitti, ma inutilmente. I ragazzi le sfuggivano e intonavano in coro: "Cardano è ricchió-ne, Cardano è ricchió-ne!". Sotto quelle voci Cardano sembrava essersi accasciato, ma nel salire uno scalino inciampò nella tartaruga del vecchio Negromonte andando a sbattere con la faccia sul corrimano, si portò la mano alla bocca e la ritirò sporca del sangue che gli usciva da un labbro. Allora con un'energia improvvisa si scagliò sulla tartaruga e cominciò a prenderla a calci.

"'A tartaruga 'e papà!" strillò Amalia con le mani sulla testa.

"'A tartaruga d' 'o cazzo! 'Sta cosa fetente che tene cient'anne e nun more mai, me vulesse atterrà a me?"

Ora si rivolgeva alla tartaruga che si era ritratta nel guscio.

"'Sta cessa m'adda vedé muorto? Tu muori prima di me! Prima! Prima!" Si rimise a prendere a calci la tartaruga, sbattendola contro lo scalino. "Io t'acciro, animale 'e mmerda! Io t'acciro!"

"Lasciala! Lascia stà 'a tartaruga d' 'e Galapagos! Io ti faccio arrestare, io ti denuncio!"

Ma Cardano non si calmava, e continuava a picchiare col tacco sul guscio e a inveire. Poi si chinò, afferrò la grossa tartaruga e la lanciò contro la moglie, ma non riuscì a colpirla.

"Tu mi volevi uccidere! Allora si' pure n'assassino! Ma io ti faccio pagare tutto... 'A tartaruga, 'e acciso 'a tartaruga 'e papà... Si' 'na mezafémmena, Carda', si sulo 'na mezafémmena!"

Mentre Amalia e gli altri correvano verso la tartaruga, Cardano salì le scale con il fazzoletto sulla bocca scuotendo la testa e ripetendo come un automa: "Tanto quella non muore, quella è immortale, e ci vede morti a tutti quanti!".

Amalia si era rifiutata di accettare le scuse ufficiali di Cardano, e quando lui le aveva chiesto di concedergli un'ultima occasione, gli aveva riso in faccia.

"Nemmeno se baci sotto alle mie scarpe! Nemmeno se lecchi il pavimento dove passo."

Per Cardano era finita: o accettava di firmare una dichiarazione dove riconosceva di essere omosessuale praticante così lei aveva l'annullamento, oppure lo mandava a pulire i cessi in un istituto di suore. "Il dandy che scopa i cessi! Ti piace, Carda'? È tutta esperienza, è il superamento del male attraverso il male, non dicevi così? Ti fai un'esperienza che non finisce più, Carda', nun si' cuntiento?" Allora Cardano ritornava nella sua stanza gridando che lui non si sarebbe mai piegato, perché non era un servo del dio denaro, ma nessuno gli badava più. I ragazzi erano alla prese con i precettori e con il nuovo sistema educativo di Amalia, inglese internet impresa. Ormai a tutte le ore si sentiva parlare in inglese o in una lingua che gli somigliava, e Ferdinando faceva improvvise irruzioni nelle stanze dei figli per chiedere a bruciapelo a che punto erano.

"Ti sei imparato l'inglese?"

"Ma perché, tu lo sai?"

Allora Ferdinando si inferociva.

"Io? E che c'entro io? Io a te ti ho mandato tutta l'estate in Inghilterra e chisto è 'o risultato?"

Se erano andati in "quel paese di froci" solo a fumarsi le canne e a scopare, si erano fatti male i calcoli. Lui voleva progressi! A che velocità battevano sul computer? Che era "nu bit"? E "'o franciaisìng" lo sapevano che era?

"E pecché nun tenite 'a Bill Gheitt azzeccato 'ncoppa 'o muro?"

Aveva regalato a tutti dei poster enormi di Bill Gates per spronarli alla ricerca, e ora i figli vicino ai muri ci mettevano la bandiera della Juventus o il poster di Eminem? Ma allora erano sottosviluppati! Lui gli comprava il palmare più tecnologico che ci stava, e quel cretino di Fabrizio "'ncoppa 'o wap" si vedeva le conigl
iette di Playboy? No, lui li disconosceva come figli, e si adottava "una carretta" di albanesi o di marocchini.

"Perché quelli sono svegli! Quelli so' tuoste! M'adotto 'na nave 'e nire, 'na tribù, e a voi vi mando in Africa a calci in culo! Io vi faccio fare la fame!"

Non vedevano i progressi che aveva fatto lui? Ma i soldi se li era stentati, e loro lo dovevano imitare! O si credevano di fare la vita comoda con i suoi sudori?

"Non siete buoni! Non siete buoni! Maronna mi', aggio fatto 'e figlie scieme!" E buttando tutta la colpa su Miranda che li aveva rammolliti, urlava che se lui la vedeva un'altra volta che portava "l'uovo sbattuto" al figlio, li sparava a tutti e due.

"'O zabaione? Ce lo faccio uscire per le orecchie, 'o zabaione a Fabrizio! Qua si deve filare! Qua si deve produrre! Ci siamo spiegati?"

Per sottrarsi a quella che definiva "l'indicibile oscenità dei Negromonte", Cardano era tornato a immergersi nei *Paradisi artificiali*. Con gli occhi lucenti e dilatati, ne recitava a voce alta intere pagine come se stesse pregando, e se entravo nella sua stanza mi fissava con l'aria di chi è stato interrotto in un momento decisivo. A volte mi dicevo che avrei dovuto andare via di lì, a cercare Nadja, ma la vergogna di non averla seguita quella sera, il disgusto per avere solo parlato di amore, mi toglievano persino la forza di alzarmi dalla sedia. E con i gomiti sul tavolo e la testa appoggiata sulle mani, rimanevo chiuso in biblioteca per ore fantasticando su quelle frasi che almeno per qualche istante sembravano assopire qualsiasi cosa, e sprofondavano me e tutta Villa Negromonte nell'oblio.

"Io lo sapevo! Quello è un vero Negromonte! S'è scetato, finalmente, s'è scetato, mo' sì che è mio fratello! Papà, hai sentito?"

Il vecchio non smise di arrotolare l'enorme matassa di vermicelli, come se Ferdinando non avesse fiatato. Ma quello continuò eccitato.

"È una grande cosa! 'O guaglione sta da dieci giorni a fare la vita..."

"La vita? Vuoi dire a fare lo straccione per la strada?"

"No, Carda', 'a vita!"

Posando la forchetta, Ferdinando spiegò che Andrea gli aveva chiesto di avere in prestito Palazzo Donn'Anna perché ci voleva andare a vivere. E nel palazzo, che dopo il restauro era diventato "una vera sciccheria", il ragazzo faceva grandi feste tutti i giorni.

"Il nostro nido! Ferdinando, e noi? Come hai potuto?"

Era Armida, indignata perché Ferdinando aveva dato il palazzo al fratello.

"Non ti preoccupare, amore, per noi tengo un progetto cchiù gruosso... Scusami, più grande..."

Lui per il fratello sacrificava volentieri quello e altri mille palazzi. Non capivamo? Suo fratello faceva esperienza, tornava nella famiglia, e dopo con la testa che teneva poteva risultare utile.

"Sta pieno di femmine, Palazzo Donn'Anna pare nu casino, non si capisce niente!"

"Gesù, ma quello è così nu bello guaglione! S'avessa sciupà? Avessa addiventà cecato?"

"Cretina, tu statte zitta! È esperienza, Mira', è tutta esperienza."

Non solo Andrea aveva voluto Palazzo Donn'Anna e ci aveva portato una quantità di gente, ma aveva pure cacciato a calci nel culo la pezzente.

"Nina? La bambina?"

Cardano aveva allontanato il piatto, e giocherellava col tovagliolo.

"È logico, Carda'! Domani, che si teneva a quella analfabeta!"

La bambina veniva ogni giorno al palazzo, e Andrea aveva dato ordine di non farla entrare, ma nemmeno di cacciarla via. Se voleva, poteva restare fuori al cancello a sentire la musica fino a quando le pareva, e i servi avevano l'ordine di portarle da mangiare.

"È robba bona, Andrea! Si farà, si farà..."

"E i soldi?" chiese il Calebbano.

"Se li piglia, Calebba', se li piglia. Chiede soldi e li spende, s'è accattato pure 'o Ferrarino. È robba bona, 'o guaglione è robba bona..."

Mentre le donne chiedevano a Ferdinando altri particolari, Cardano taceva e continuava a giocherellare con il tovagliolo. Il vecchio interruppe il chiasso sbattendo una manata sul tavolo.

"Voglio sapé 'na cosa, Ferdina'. Chisto, 'o guaglione, a Natale ce vene o no, a mangià?"

"Come no! Ci corre, papà!"

Ma dopo la risposta di Ferdinando il vecchio aveva ripreso a mangiare, senza aggiungere altro e senza il minimo cenno di approvazione o di disappunto. Ferdinando spiegò ancora che Andrea si era interessato all'idea della grande festa di Carnevale che stavano organizzando per lanciare *Eternapoli*, promettendo che sarebbe andato alle riunioni. Ah! E gli aveva pure detto che forse si fidanzava, ma con una importante, la figlia di un ministro.

"Hai capito, Robe'? Che ti avevo detto? Si crede di essere il principe Siddharta. E non fare quella faccia piena di invidia! Siddharta è nu scemo..."

"Precetto', ma che 'a ditto, Cardano? Chi è 'stu Siddharta?"

"Era un sapiente che raggiunse la salvezza tramite le prove iniziatiche dell'ascesi, dell'erotismo e del... "

Ma Cardano si era alzato e aveva sbattuto il tovagliolo sul tavolo.

"Non è nessuno, sono tutte chiacchiere! È finita, non lo avete capito ancora? La cerimonia dell'innocenza è finita!"

"Carda', statte zitto! E fa' parlà a chi capisce. Precetto', ma è una cosa buona, 'sta prova iniziatica?"

"Siddharta era un principe, frequentava prostitute e viveva nel lusso..."

"Ma allora questo Siddharta era nu grand'omme!"

Cardano si era alzato da tavola e stava quasi uscendo dalla sala da pranzo, ma proprio sulla soglia si voltò verso il tavolo gridando che Siddharta era solo il principe dei coglioni, e uscì sbattendosi la porta dietro le spalle.

Alla fine di ottobre, per Miranda era già cominciato Natale. Era sempre più magra e scavata ma parlava solo di cibo, consultava la *Cucina teorico-pratica* del Cavalcanti come una bibbia, e la confrontava con Del Tufo e con *Il cuoco galante* di Vincenzo Corrado. Ma non si accontentava, e aggiungeva a matita i suoi commenti e i suoi punti interrogativi persino in calce alle ricette di quello che definiva "il sacro Cavalcanti". Aveva anche scoperto il *De re coquinaria* di Apicio in una traduzione di anonimo napoletano, e assillava Cardano chiedendogli se la cucina dei Romani potesse rientrare nella tradizione.

"Tu che dici? Qua pare che a Cuma e a Baia si mangiava così. Ma 'sta salza c' 'o pesce fràceto sarà buona, Carda'?"

Le ricette per preparare la salsa garum la lasciavano perplessa. Coriandolo, cumino, formaggio, miele e vino li accettava. Ma si dovevano proprio mettere a macerare i pesci nell'aceto per un mese prima di aggiungerlo alla salsa? E le dosi, le dosi erano giuste? Per saperlo imponeva al cuoco di provare e riprovare sempre nuove varianti, che impestavano i locali intorno alle cucine e finivano regolarmente nella spazzatura. Ma quelle che la facevano sognare nel ricettario dell'anonimo, erano soprattutto le triglie annegate nel garum e le spigole leccapiatti del Tevere.

"Ma è overo, Carda'? Qua dice che 'sti spigole si facevano tenere come il burro perché mangiavano il grasso dei piatti sciacquati nel fiume!"

Come dovevano essere grandi, quelle spigole! E Miranda si immergeva in lunghe meditazioni, dalle quali usciva solo per assillare Cardano con le sue domande.

"La triglia la annegavano nel garum? Ma allora prima era viva? Gesù! Non ci posso credere che i Romani erano accussì crudeli! Ma si' sicuro, Carda'?"

Cardano rideva, spiegandole che era proprio così. Le triglie venivano costrette a nuotare nella salsa finché non si gonfiavano e morivano, e appena crepate erano pronte per la tavola.

"Ah, ma è terribile!" commentava Miranda, ma poi già pensava a come si dovessero servire. Passate un minuto in acqua bollente e sfilettate, o infarinate e appena fritte? Ormai Cardano l'aveva convinta che il *De re coquinaria* faceva sicuramente parte della tradizione, e che anzi tutto quello che era venuto dopo poteva essere considerato "una sicura decadenza". E Miranda lo stava a sentire assorta, corrugando la fronte come se stesse meditando su un problema insolubile. Ferdinando le aveva concesso di restare "fino alle feste", spiegando alla fidanzata che un gesto di carità da parte loro sarebbe stato considerato dal padreterno, che in fondo Miranda gli aveva pure fatto dei figli e soprattutto che mandarla via proprio a Natale gli sembrava di malaugurio.

"Falla pazzià c' 'a cucina, Armi', così si sta quieta."

Ma Miranda non se ne restava affatto quieta. Ai primi di novembre le cantine di Villa Negromonte erano diventate un enorme vivaio. Triglie di scoglio, polpi veraci, spigole di mare, crostacei e mitili strisciavano e si ingrassavano in grandi vasche illuminate fiocamente per imitare l'effetto delle profondità marine. Un trattamento speciale era stato riservato ai capitoni, che nuotavano in una piscina scavata nel pavimento e termoregolata, per ricreare il clima e la vegetazione adatti alle grandi anguille. Miranda andava ogni giorno in cantina per controllare e valutare se i pesci crescevano secondo le sue tabelle, e se qualcuno chiedeva chiarimenti, lei si metteva l'indice sul naso rifiutandosi di spiegare.

"È un segreto! Voi dovete solo mangiare."

Ormai non sbraitava più contro Ferdinando e la zoccola del Nord, e sembrava completamente presa dal suo compito. A metà novembre Ferdinando scoprì che aveva invaso anche il parco della Floridiana. Ma come? Ora che avevano finito di restaurarlo tale e quale a prima, lei ci metteva i maiali?

"'O puorco! Ma come si può fare, Mira', 'o puorco dinto 'a Floridiana?"

"Non è un porco, Ferdina'! È il cinghiale di Sorrento, quello che dice Cavalcanti."

"Il cinghiale? Ma non lo potevi comprare già ucciso?"

Ma Miranda non cedette. Tutto doveva essere freschissimo, e per questo la roba bisognava comprarla viva.

"Ma non ti bastavano le vasche coi capitoni? Dovevi fare pure il giardino zoologico dentro alla Floridiana?"

Non c'erano solo maiali, nel parco, ma fagiani, agnelli con le madri che li allattavano, capponi che non riuscivano più a camminare per l'ingrasso, e persino una vacca che si era mangiata le orchidee rare della serra. Ma più di tutto Ferdinando si imbestialì per le oche.

"Pure 'e pàpere, Mira'? 'A notte nun pozzo cchiù durmì! 'Sta nu casino che non finisce mai! Mira', io t'accire tutto 'o zoo..."

"Non ti permettere! Le oche mi servono! Le sto ingrassando con i fichi secchi, come dice Apicio. Nun me tuccà 'e pàpere, Ferdina'! Non mi toccare quelle creature di Dio! Il mangiare deve essere fresco, hai capito? O se no faccio succedere una guerra! Ti compri i tappi nelle orecchie e duorme, hai capito?"

Le oche e lo zoo furono risparmiati, e dopo quello scontro Miranda tornò a immergersi nelle sue ricette senza più protestare. Ferdinando era completamente assorbito dal progetto per *Eternapoli*, e con un'alzata di spalle disse che tanto a quella pazza la sistemava dopo Natale.

Cardano sembrava sprofondato definitivamente nelle sue fantasticherie sui *Paradisi artificiali*, e ripeteva in continuazione le stesse frasi. Ora non usciva più dalla sua stanza, e dormiva molto. Ma l'hashish gli provocava improvvisi incubi, e frenesie che lo risvegliavano facendogli gridare frasi incomprensibili. Era stato invaso da una fame che pareva insaziabile, e non respingeva più i vassoi stracolmi di cibo che Miranda gli mandava. Diceva che la vera realtà era nei sogni, interrompendosi tra un boccone e l'altro per respirare, come se avesse avuto l'asma. Le notizie che arrivavano da Palazzo Donn'Anna lo facevano cadere in silenzi cupi, o in scatti di rabbia che lo stremavano. Miranda raccontava che a Palazzo Donn'Anna era stata vista Nadja, e Bianca che prima era andata a vivere con uno degli studenti di San Gregorio Armeno, ora si dava anche lei "alla pazza gioia" nel palazzo. Pareva che Andrea avesse ripreso con lui anche Nina, forse continuando a promettere che quando avesse avuto l'età giusta l'avrebbe sposata. Cardano allora non riusciva a trattenersi e si metteva a urlare.

"Il principino del cazzo! Ma chi è? È solo un figlio di papà che si è rimbecillito a furia di leggere! Il sangue, alla fine il sangue vince sempre..."

Ma Ferdinando gli rideva in faccia, dicendo che Andrea se la voleva semplicemente spassare. E che male c'era? Aveva promesso anche a Nadja di sposarla, e pretendeva che lei e Nina andassero d'accordo. Non era uno spasso?

"Poi mette la testa a posto, 'o ssaccio già, quella è tutta esperienza!"

Quando Ferdinando parlava di Andrea, Cardano si chiudeva in un silenzio ostinato, e si mordeva il labbro di sotto fino a farlo sanguinare. Io facevo finta di ridere appresso alle risate di Ferdinando solo nella speranza di non capire, ma quando andavo a letto mi afferrava una improvvisa rabbia, e avrei voluto alzarmi e andare a strangolare Andrea. "Tu lo invidi, Robe', che schifo." Così aveva detto una volta Cardano, e spesso quelle parole mi tornavano in mente. Lo invidiavo davvero? Ma non riuscivo a pensarci a lungo perché presto tutto mi diventava buio in testa, e quando di colpo mi svegliavo nel mezzo della notte, non sollevavo più le palpebre per non veder sbucare da un angolo o dal mio letto quegli occhi coperti dalla maschera e la risatina sprezzante che mi faceva avvampare come un colpo di frusta in piena faccia. Allora provavo a ripetermi che ero già morto, ma nemmeno così la risatina si placava, e solo all'alba riuscivo a riprendere un sonno inquieto che mi lasciava spossato.

Il vecchio interruppe Amalia entrando con la sedia a motore nel salotto. Era vestito con una giacca e un panciotto di tweed e sembrava allegro.

"Allora? Viene o no, 'stu grand'omme 'e Andrea? Ferdina', 'e telefonato?"

"Non risponde, papà, tiene il cellulare staccato. Ma sta venendo, sta venendo."

Il vecchio restò un momento silenzioso, poi chiese a Ferdinando se era vero che Andrea si fidanzava con la nipote del ministro. Ascoltò le assicurazioni di Ferdinando passandosi impaziente una mano sul mento, poi annuì.

"Ma nun adda fà tardi, ci siamo spiegati? Io devo mangiare a orario."

Il vecchio Negromonte scosse di nuovo la testa e uscì dicendo che quello era capace che faceva tardi pure alla vigilia di Natale. Quando se ne fu andato, Amalia riprese a parlare rivolta a Ferdinando, e gli chiese se erano tutti d'accordo per "il matrimonio di famiglia".

"Come no? A me mi pare un'idea raffinata. Facciamo i tre matrimoni tutti assieme, è spettacolare! Io so' d'accordo, Ama'."

"Si potrebbero fare prima del Carnevale, che dite?"

"No e no!" saltò su Armida. "Io non ce la posso fare asso-lu-ta-men-te! E il vestito di seta cinese dell'Ottocento?

Chi me lo restaura in tre mesi? Io con un vestito da serva non mi sposo!"

Amalia voleva celebrare i matrimoni nel Duomo, con la benedizione di un cardinale. Aveva già preparato la lista degli invitati con i posti a sedere secondo il rango, e doveva solo decidere se far venire l'orchestra del San Carlo o quella della Scala. La cerimonia però l'avrebbe preferita in forma privata, vendendo i diritti alla televisione. Ma Ferdinando scattò.

"Che privata e privata? Tu nun dice sempe che il pubblico è privato e il privato è pubblico? E allora? Il popolo, deve venire tutto il popolo!"

Ma come si faceva a invitare tutti? Nel Duomo non ci sarebbero entrati, e poi dove glielo dava l'aperitivo, in mezzo a una strada? Anche Marcello era d'accordo con la cerimonia filmata, la trovava più moderna, ma Ferdinando lo interruppe impaziente.

"Nun so' d'accordo! Noi dobbiamo fare una cosa..." E allargò le braccia in un gesto che sembrava ingoiare il mondo. "... Una cosa enorme! Di che ci dobbiamo vergognare? È tutto legale, tutto in regola, davanti agli uomini e al padreterno! E allora? Pubblico è privato e privato è pubblico, no?"

Ferdinando voleva celebrare i matrimoni a piazza Plebiscito, proprio davanti a Palazzo Reale, e offrire un grande rinfresco a tutta la città.

"Di che ci dobbiamo mettere scuorno? Noi siamo i Negromonte! E poi, a me un cardinale me pare 'na cosa 'a pezziente. E se chiamassimo il Papa? Ma pecché, Ama', 'o Papa nun po' fà nu spusalizio?"

Proprio in quel momento entrarono senza bussare due guardiani, inseguiti da una frotta di domestici.

"E che è? Mo' si entra senza bussare?"

"Don Ferdinando, perdonate... Ma vi dobbiamo dire un fatto... 'Na cosa che..."

"E vuo' parlà? Parla! Che è succiesso?"

"Vostro fratello... Il signor Andrea... Sta sotto a una pianta..."

Ferdinando aveva afferrato per i risvolti della giacca il guardiano e lo sbatteva continuando a gridargli di spiegarsi, ma a un tratto si sentì una voce di donna che strillava.

"'O signurino s'è acciso! 'O signurino Andrea s'è sparato!"

Allora il guardiano, sempre tirato avanti e indietro da Ferdinando per la giacca, si mise a balbettare che Andrea era arrivato col motorino, lo aveva salutato e era sceso per il sentiero. Poi, cinque minuti dopo, si era sentita la botta: ttà! Loro erano corsi ma non c'era stato più niente da fare, il ragazzo si era sparato alla testa, e il guardiano fece un gesto puntandosi il pollice e l'indice alla tempia mimando lo sparo.

"Lo vedete, don Ferdina'? Tengo ancora 'a mano sporca!" e sollevò la mano per far vedere a tutti il sangue.

"E addó sta, mo'? L'avete preso? Nun po' stà llà!" gridò Ferdinando. "Non si deve sapere, mo' non si deve sapere niente! Avete capito bene?"

Ma le ultime parole furono coperte dal rumore della porta del salone che sbatté sul muro. Un uomo possente con una capigliatura rossa era entrato reggendo il corpo di Andrea sulle braccia.

"Ciro! Che stai facenno? Addó vai? Férmati!"

L'autista non prestò ascolto a Ferdinando e attraversò il salone fino al tavolo, con un braccio solo continuò a reggere il corpo e con quello libero tirò via la tovaglia dalla tavola con uno strappo improvviso, mandando le stoviglie a fracassarsi sul pavimento.

"Férmati, Ciru', férmati!"

Le donne strillavano, gli uomini erano rimasti come immobilizzati, e l'autista senza curarsi di nessuno distese delicatamente il corpo sulla tavola e cominciò a strappargli la giacca.

"Fermate a questo! Fermate a 'stu pazzo!"

Ferdinando gridava, ma nessuno si muoveva. Quando Andrea rimase in camicia, allora l'autista raccolse la tovaglia e lo coprì, poi cadde in ginocchio con le mani appese alla tavola e si lasciò sfuggire un orribile mugolio dalla gola.

"Uscite! Via! Che ce sta 'a vedé? Fòre, fòre!"

Ferdinando aveva ripreso coraggio, e cacciò fuori i domestici che si erano affollati nel salone. Solo in quel momento Cardano sembrò cominciare a capire. Tremolante e goffo corse verso il tavolo e si avvicinò alla salma. Si teneva il fiocco della cravatta stretto come se avesse potuto perderlo, e con la bocca semiaperta fissava il corpo.

"Sono stato io..." cominciò a dire, ma si mangiava le frasi, e la voce gli usciva a singhiozzi. "... È colpa mia, non ho capito, non ho capito niente! Che ho fatto..."

Andrea non aveva lasciato niente? Un biglietto, una frase per qualcuno, almeno una parola! Non era possibile che non avesse lasciato nessun messaggio.

"Statte zitto, Carda'! Famme 'o piacere, statte zitto!"

Ma Cardano si era avvicinato al corpo di Andrea, e gli aveva messo una mano nei capelli. Era arrivato anche il Calebbano, che dopo un'occhiata alla scena aveva preso Ferdinando da parte e gli stava spiegando qualcosa all'orecchio. Cardano ora aveva preso a andare avanti e indietro, ma senza allontanarsi dal corpo, e parlava a mezzavoce. "Se n'è voluto andare, se n'è andato da questa fetenzia perché non ce la faceva più. Lo sapevo, io lo dovevo sapere, e ho chiuso gli occhi. Ma perché così, perché?" Io fissavo quel corpo dritto che sotto la tovaglia si modellava perfetto, e avrei voluto andare a mettere le mani in quei riccioli che sembravano ancora vivi, ma non riuscivo a muovermi. Nonostante il caldo mi imperlasse la fronte di sudore stavo battendo i denti, e le lacrime mi colavano fino in bocca. Dal gruppo che Ferdinando e Calebbano avevano formato con le donne mi arrivavano frasi staccate. "Il lutto stretto?... Sì, 'o prefetto è un amico, è fidato... E mo' chi glielo dice, a papà?..."

"È venuto, 'o guaglione? Ferdina', è venuto o no?"

Il vecchio Negromonte era entrato e non aveva ancora visto il cadavere. Ma mentre Ferdinando stava per rispondergli, il padre si voltò verso il tavolo e si accorse del corpo di Andrea. Si accostò rapidamente e allungò la mano verso il costato, lasciandola appoggiata per un tempo che mi sembrò interminabile. Il vecchio restò ancora così mormorando qualcosa tra sé, il capo chinato come per non guardare gli occhi spalancati del figlio, poi a voce alta si rivolse a Ferdinando.

"Chi è stato, Ferdina'? Chi ha ucciso il figlio di Negromonte?"

Ferdinando fece un gesto con la mano e non rispose. Poi mormorò: "Senti, papà...".

"Che aggia sentì e sentì, strunzo! Chi è stato adda fà 'a morte d' 'a zoccola! Chi 'a acciso 'o figlio 'e Negromonte adda chiàgnere làcreme 'e sanghe! Chi è stato, Ferdina'? Io l'aggia sparà mmocca!"

Ferdinando si era avvicinato al padre e stava per dire qualcosa quando Cardano puntò il dito contro il vecchio.

"Ma a chi accire, tu? A chi? Andrea si è sparato! 'E capito? Si è sparato perché non voleva più essere figlio a te!"

La faccia del vecchio di colpo si era indurita, e ora fissava sospettoso il corpo serrando le mascelle. A un tratto girò la sedia come cercando qualcuno.

"Ferdina', che sta dicenno 'stu strunzo? È overo che s' è acciso?"

Ferdinando allargò le braccia e fece segno di sì con la testa. "È overo, papà." Il vecchio allora sollevò le spalle e si mise a battere con la mano sul bracciolo della sedia. Poi si voltò verso Miranda che non smetteva di piangere, e cominciò a urlare.

"E pecché chiagne, mo'? Oggi è Natale, nasce 'o bambino, e tu chiagne? Forza, Mira', si è fatta ora! Muoviamoci, non vedi che è già tardi? Se fa tutte cose friddo..."

Per un momento ebbi l'impressione che Ciro si fosse voltato verso il vecchio e gli avesse gridato qualcosa, ma vidi solo che sputava a terra.

"Oggi è festa, Mira', è festa! Ferdina', che fai llà comme nu strunzo? 'O presepe nun l'avite fatto? Qua teniamo pure 'o bambino e vuie nun avite fatto 'o presepe?"

A un tratto Amalia saltò in piedi e cominciò a strillare, subito seguita da Armida.

"Le anguille! Aiuto, le anguille!"

"Mio Dio, mio Dio..."

"So' 'e capitune!" balbettò il Cardinale a bocca aperta. La stanza era stata invasa dai capitoni di Miranda, che si ficcò le mani nei capelli.

"Le vasche! 'E vasche ch' 'e capitune!"

Il vecchio si mise a girare per il salone con la sedia a motore cercando di schiacciare i grossi capitoni neri, e quando ci riusciva agitava il pugno per aria.

"So' frische, Mira', sono freschi! Miéttele a frívere! Falle arrustute, Mira', e mettici un poco di aceto e una foglia di lauro. Nun te scurdà, Mira', ce vo' 'a foglia 'e lauro..."

Ciro si era alzato, e nella confusione generale aveva avvolto la salma di Andrea nella tovaglia. La sollevò dal tavolo tenendola sulle braccia e senza fare caso ai capitoni che gli si avvinghiavano ai pantaloni uscì con il cadavere sulla terrazza e si diresse verso il giardino. Miranda sembrava impazzita, e aveva afferrato Cardano per una manica.

"Comme faccio, mo'? Carda'! Lo vedi, lo vedi che tragedia?"

Cardano provò a farla ritornare in sé dandole uno schiaffo,

ma la donna lo teneva stretto per un polso e diceva che doveva andare con lei nella cantina a controllare le vasche.

"Che sarà stato? Che disastro, Carda', che tragedia..."

Cardano aveva stampata sulla faccia una smorfia che gli arcuava la bocca in un sorriso idiota, e sembrava incapace di sottrarsi alla presa di Miranda. Mi mossi per raggiungere Ciro e quasi scivolai su un dorso viscido e duro di capitone. Il vecchio ora si era messo a capotavola, e sbatteva la mano sul mogano a intervalli regolari.

"È ora, Mira', si è fatta ora! È pronto o no? Don Cardina', com'è quella cosa che hai letto dentro alla Bibbia? 'Se i morti non risorgono, allora mangiamo e beviamo, perché domani moriremo!' E bravo, Cardina', mo' 'e parlato overo buono! E allora che aspettiamo? Si è fatta ora!"

Vidi Miranda che si trascinava Cardano oltre la porta con quel sorriso che pareva un ghigno, e uscii sulla terrazza. Ma mentre cercavo di orientarmi, e di capire dove fosse andato Ciro con il corpo, mi raggiunse di nuovo la voce del vecchio.

"Se fa tutte cose friddo, ce muvimmo o no? Forza, che m'aggio magnàto sulo nu muorzo 'e pizza c' 'a scarola! Sto liggiero, Mira', sto liggiero! E che ce ne fotte 'e 'sti strunzate a nuie? 'E muorte so' muorte, mo' è tarde, e 'o crapetto se fa friddo. Addó sta 'a 'nzalata 'e rinforzo? Accuminciammo!"

Fuori tirava un vento gelido che mi entrava sotto la giacca gonfiandola. Dov'era andato, Ciro? Girai a casaccio intorno alla casa ma non c'era nessuno. Il vento mi mozzava il fiato, e ritornai dentro dal lato delle cucine. I camerieri entravano e uscivano dalle porte reggendo piatti e posate, accalcandosi e urtandosi. Una cameriera filippina si segnò mormorando, e spinse un carrello con sopra una zuppiera fumante che portava lo stemma dei Negromonte. Sentii la voce di Miranda che urlava, e mi diressi verso la cantina per avvertire Cardano che l'autista era sparito con il corpo del ragazzo e dovevamo cercarlo. Ma aperta la porta della cantina, la puzza che già si sentiva di sopra mi investì con un fetore acido che mi fece lacrimare gli occhi.

"Miranda, lasciami! Tu si' pazza, Mira'! Ma che vuoi?"

Miranda si trascinava dietro Cardano nella luce fioca della cantina tenendolo per il polso, e sbraitava.

"L'orologio, è stato l'orologio termoregolatore! Gesù! L'acqua fredda 'a scetato 'e capitune, e so' morte pure le aragoste, le aragoste fresche!"

Il sistema di riscaldamento che regolava le vasche era saltato, quella con le aragoste era andata in ebollizione e i corpi dei crostacei erano saliti a galla rigonfi come mortadelle. Quelle che erano rimaste per ultime dovevano essersi massacrate tra loro, perché le chele erano infitte nelle corazze, le teste e le antenne troncate in una sola ecatombe. Ma davanti alla vasca con le triglie Miranda rimase senza parole per un attimo, poi si mise a frugare nel carnaio e tirò fuori per la coda un pesce enorme con gli occhi sbarrati, lo agitò per aria sussurrando "forza, nenne', forza" e lo rigettò sconsolata in una melma scura che puzzava da far vomitare.

"E mo' che faccio? So' scuppiate 'e triglie dinto 'o garùm! So' scuppiate 'e triglie! Carda', sei stato tu!"

Lui, lui aveva detto che i Romani ubriacavano e affogavano le triglie nella salsa, e allora? Perché erano scoppiate? Cardano provò di nuovo a tirarla via, ma ora la donna cercava qualcosa in fondo alla cantina.

"'E piccerelle mie! So' vive? So' vive ancora?"

Il fetore cominciava a formare una sorta di nebbia, e la gola mi si era serrata. Passammo in mezzo a vasche piene di mucchi di vongole enormi bruciate, taratufi con le lingue rosse tumefatte, scuncigli che erano schizzati fuori dalla conchiglia, telline illividite e tumuli di valve spalancate dalle quali spenzolavano i corpi di giganteschi molluschi morti. Ma arrivata in fondo Miranda sollevò a due mani una specie di treccia nero-violacea, ne staccò un pezzo grande come una melanzana, lo spaccò sul bordo della vasca e lo succhiò.

"So' vive, 'e piccerelle mie so' vive! Carda', 'e cozze so' campate! 'E cozze 'e scoglio so' sopravvissute!"

Mentre la tiravamo via, Miranda piangendo balbettò che lei aveva ideato un sistema che collegava "le condutture dei servizi" direttamente con le vasche dei molluschi per farli ingrassare più in fretta, ma quelli più deboli non ce l'avevano fatta a digerire tutto e erano morti. Solo le cozze erano sopravvissute e si erano irrobustite, perché le cozze tenevano "più volontà".

"E sono piene di sapore, Carda', queste possono andare davanti a sua maestà! Queste se le può mangiare pure il padreterno..."

Finalmente riuscimmo a trascinare Miranda di sopra, Cardano disse che aveva capito dov'era il corpo di Andrea, e corremmo portandocela dietro fino al villino. In una sala che dava sul mare, Ciro aveva deposto sul pavimento il corpo avvolto nella tovaglia e aveva messo vicino alla testa di Andrea due candelieri, che gli spifferi di aria da sotto le finestre facevano lingueggiare fino quasi a spegnerli. Davanti alla salma Miranda si fece improvvisamente calma, si inginocchiò e si mise a pregare. L'autista stava in piedi, e sembrava controllare che nessuno si avvicinasse al ragazzo. Dopo un poco sulla soglia comparve Ferdinando, ma andò via subito, borbottando: "C' 'a miso 'o scuorno 'nfaccia! Ma che ci mancava, a 'stu scemo? Io 'o vulesse sapé".

Cardano batteva i denti e mormorava qualcosa, ma senza rivolgersi a nessuno in particolare. Ogni tanto ci spostavamo e facevamo un giro per la stanza, battendo i piedi a terra per riscaldarli, ma piano. Solo Miranda e Ciro non si muovevano, e sembravano essersi trasformati in due statue. E Nadja? Come potevo avvertirla? Il freddo mi costringeva a concentrarmi solo sul mio corpo, e lasciai sprofondare tutte le domande. Ma la faccia luminosa di Nadja mi si presentava davanti senza che lo volessi, e alla sua si sovrapponeva quella di Andrea vivo, con i capelli morbidi e dorati che gli cadevano sulle spalle e sulla bocca carnosa e umida come una ferita. Anche se Ciro lo aveva ripulito, non avevo il coraggio di andare a guardare il cadavere da vicino, e mi sentivo gli occhi gonfi.

Miranda mormorò qualcosa a proposito di chiamare un prete, ma l'autista fece sentire di nuovo il suo orribile lamento, e Cardano si strinse nelle spalle. Poi, come se lentamente stesse ricordando qualcosa, si passò una mano sulla fronte, si avvicinò alla salma e cominciò a bisbigliare, ma così piano che afferravo solo qualche parola. "Diede loro potere e autorità su tutti i dèmoni... Non prendete nulla per il viaggio... Né bisaccia, né pane, né argento... Uscendo scuotete la polvere dai vostri sandali contro di essi... Non piangete, perché non è morto, ma dorme." A un tratto si arrestò e rimase là in piedi, con le braccia penzoloni e le spalle rivolte verso di me che sussultavano senza potersi fermare, come se fosse stato agitato da un intrattenibile singhiozzo.

Cominciai a tremare anch'io, il freddo mi era penetrato così dentro che per un momento pensai di essere morto. Volevo restare per vegliare su Andrea, per fissarmi bene negli occhi quel corpo rigido, ma in preda ai brividi che mi facevano battere i denti, come un automa e con la testa che mi girava, uscii e mi diressi verso la mia stanza.

Quando tre settimane dopo mi ripresi dalla febbre, a Villa Negromonte la frase più ripetuta era che bisognava "superare il dolore". Non stavo ancora bene, Miranda mi aveva imbottito di antibiotici e mi girava la testa a ogni movimento. Cardano era irriconoscibile, si trascinava in giro con un passo pesante da ubriaco, e era ingrassato al punto che quando parlava doveva interrompersi per riprendere fiato a metà di ogni frase. I Negromonte non erano quasi mai in casa, perché stavano preparando il Carnevale. Ma una sera, ridendo, Ferdinando si vantò che il Calebbano e lui erano riusciti a far passare il suicidio di Andrea per la morte di un eroe.

"Avete capito? Abbiamo detto che si era buttato a mare davanti a Palazzo Donn'Anna pe' salvà 'a 'na criatura, e che il cuore si è fermato. Così si crea la leggenda, 'e leggende servono, servono."

La straccioncella era morta a mare, si era buttata o l'avevano buttata, che ne sapeva lui? Comunque, ora la cosa era sistemata, e si doveva pensare a andare avanti.

"Per adesso va bene la leggenda, poi si vede. Non mettiamo limiti alla provvidenza, uhé!"

Fra qualche mese a Andrea lo facevano diventare venerabile col decreto, poi beato e alla fine santo. Sì, santo, che c'era di male?

"E che gli manca, per la santità? San Negromonte suona pure bene!"

Un santo in famiglia era sempre utile, sosteneva convinto Ferdinando, perché la fede era una cosa grande. Non lo vedevamo che nella disgrazia tutto era andato a finire bene? A queste parole, Cardano fece per alzarsi in piedi come per avventarsi contro di lui, ma era così grasso che barcollò e dovette appoggiarsi al tavolo. Poi si bloccò ansimante e scoppiò in una risata di scherno.

"Tutto bene! Tutto a posto! Sì? E il corpo, Ferdina', che fine ha fatto?"

Ferdinando avvampò, e agitò il pugno verso Cardano.

"E tu nun sai niente, eh? Non sai mai niente, tu!"

All'alba erano tornati nella stanza e avevano trovato solo Miranda raggomitolata sul pavimento, che giurava di essersi addormentata e di non aver visto niente. Quel traditore di Ciro era scomparso con il corpo del ragazzo, e nella cassa ci avevano dovuto mettere un manichino di cera e gesso. Niente, non era rimasto niente, solo quella tovaglia fetente dove il sangue aveva disegnato la forma di Andrea e che avevano fatto bruciare.

"E io che me lo ero cresciuto come un figlio, a Ciruccio! Vai a fare il bene, sì, facimmo 'o bene. E po'? Questo è il ringraziamento..."

Ma quello che irritava veramente Ferdinando era che non riusciva a capire come avesse fatto Ciro a evitare i guardiani e il sistema di sicurezza che "nun faceva passà nemmeno 'na mosca". Quel bestione! Ma come cazzo aveva fatto a trascinarsi appresso un cadavere che pesava ottanta chili? Quello teneva la forza di un animale!

"Ma come ha fatto? S' 'e vuttato 'a coppa 'a scarpata? Lo dovevo far stare nel manicomio, là era il suo posto, dinto 'o manicomio!"

Comunque adesso c'era da pensare a cose più serie, ormai a Carnevale mancavano due mesi, e la festa per l'inaugurazione di *Eternapoli* non si poteva rimandare. Quando Ferdinando se ne andò, cercai di sapere da Cardano qualcosa sulla sparizione del corpo, ma anche lui sosteneva di non ricordare.

"Ma tu eri presente! Dove l'ha portato, il corpo?"

"E che ne so? 'O scemo l'avrà miso sotto terra, l'avrà menato a mare dinto 'o lenzuolo come facevano i pirati! Quello è pazzo, Robe'!"

Poi si accostò fissandomi con gli occhi sbarrati.

"Ma che si crede? Che adda venì 'a resurrezione d' 'e muorte? 'Non morirete, ma sarete tutti trasformati nell'amore!' Robe', quello scemo coi capelli rossi è capace che ci crede."

Lui era stato male per il freddo della notte, non ricordava, forse si era addormentato. Ma che pretendevo, da lui?

"So' stanco, Robe'. Io sono un sopravvissuto, e che può dire nu muorto ca' cammina? Tu vuoi sapere, ma che vuo' sapé? È tutto vero, non dobbiamo sapere più niente, è arrivato l'impero familiare delle tenebre future..."

A tarda notte entrai nella stanza di Cardano dicendo che dovevamo fare qualcosa, non potevano cavarsela così, era impossibile. Mi sentivo molto debole e mi tremavano le mani, e anche la voce mi usciva fioca.

"Per causa loro sono morti Nina e Andrea, e chi sa dov'è finita Nadja."

Non era giusto uccidere? E allora come si rispondeva a quella violenza? Ma Cardano non mi fece finire di parlare.

"Tu allora nun 'e capito niente! 'Uccidiamoli, uccidiamoli.' A chi vuo' accìrere, tu?"

Fu preso da un singulto di tosse che lo soffocò. Agitò la mano molliccia, e tossendo si toccò il corpo sformato.

"Ma mi hai visto? Ci hai visti, a noi? Robe', tu si' scemo, tu dormi in piedi. Lo sai che Calebbano anni fa doveva morire con la meningite? Era morto e stramorto, e ora? Si sposa a Salomé, sembra che tiene vent'anni, e a noi non ci vede proprio! Quello è immortale, Robe', hai capito? E tu vulisse accìrere a Calebbano?"

Traballando, si sollevò e si mise a sedere sul letto. Era diventato così grasso e sformato che ogni gesto sembrava costargli una grande fatica.

"Che, non parli più? T'è passata 'a fantasia d' 'o giustiziere, mo'? Robe', noi artisti siamo vigliacchi."

Mi salivano le lacrime agli occhi, perché sapevo che aveva ragione.

"Non sappiamo fare niente, Roberto. Spinoza per restare libero molava lenti, tu che sai fà? Niente..."

"Ma Dio, almeno Dio deve esistere! E se non ora, pagheranno tutto un giorno!"

"Dio deve esistere? Pagheranno? E chi lo dice, Robe'! Tu stai ancora a 'Beati quelli che hanno fame di giustizia perché saranno saziati'?."

Cardano si era rimesso a letto, soffiando forte per lo sforzo.

"Non saranno saziati, Robe', so' tutte strunzate. Tu dicevi che questo mondo era in fiamme e il saggio lo doveva abbandonare? E mo' è rimasta la cenere, Robe', solo la cenere. E pecché chiagne? E che dice a fà Nadja Nadja Nadja..."

Uscii sbattendo la porta, ma rimbalzò debolmente restando socchiusa, e la voce di Cardano mi inseguì per il corridoio.

"Li uccidi! E che fai? Ne uccidi uno e un altro è già pronto a prendere il suo posto. Nun 'e capito? Ci stanno solo loro sulla terra, il mondo è dei Negromonte! A chi vuo' accìrere, tu?"

Il vecchio Negromonte sembrava essere ringiovanito. Andava in giro con la sua carrozzella su e giù col montacarichi, e si fermava a parlare con tutti. Sgridava i nipoti che erano tornati da Cortina con Amalia perché li vedeva fessi, poco pronti a difendersi e troppo acchittati.

"Chiste addivèntano tutte ricchiune e puttane, sulo ricchiune e puttane!"

Ma quando scopriva che avevano umiliato un precettore, o denunciato una cameriera, allora si riprendeva, gli regalava assegni, li riconosceva come sangue suo.

"So' Negromonte, so'! So' tuoste, non te li fai, non te li fai!"

Lui adesso volèva "campare scialanno", perché se l'era meritato. E era inutile che i figli si mettessero a sbraitare, tanto faceva come gli diceva la testa e si sposava.

"Pur'io, me voglio spusà, pur'io! Sì, con una nera, e allora? Mi sposo a una nera, che ce sta 'e strano?"

Tutti quanti si potevano sposare, e solo lui no? Si portava dietro mano nella mano Sa'ana, una splendida cameriera algerina di sedici anni che aveva ribattezzato Aida, e a cui aveva fatto fare un intero guardaroba arabo.

"Ve piace, eh? Ma è sulo 'a mia, solo mia! E ci faccio mettere pure 'o velo, accussì nun 'a guardate sbavanno."

"Ma mammà è viva ancora, come si fa?"

Il vecchio si mise a ridere e sbandierò un foglio.

"Io mi sono documentato! Me l'ha spiegato 'o precettore, sta scritto qua, è storia. Non mi posso sposare? E chi lo dice? Io faccio il matrimonio morganatico, 'o matrimonio segreto, e a Aida la nomino duchessa di Floridia! L'ha fatto il re di Napoli con Lucia Partanna, e non lo posso fare io che sono un Negromonte?"

"Papà, ma chella è viva..."

"È viva, sì, ma è uscita pazza. E allora è comme si fosse morta, è overo o no? Chiammate all'avvocato e quello ci pensa lui col diritto canonico, 'o jus 'e sfaccimma e 'o pataterno che 'o fa campà! Che lo pago a fare? Ci deve pensare lui..."

Dalla villa i figli se ne dovevano andare tutti, perché lui aveva bisogno di spazio e di libertà. Si faceva ogni giorno iniezioni di ricostituenti, mangiava grandi bistecche al sangue e beveva vino rosso perché si doveva irrobustire. E se quella zoccola della baronessa non firmava le carte lui la disconosceva, la faceva avvelenare, la uccideva con le sue mani! E chi gli poteva fare niente? Il Calebbano non diceva sempre "ora la giustizia siamo noi"?

"Avite cagnato 'a costituzione, e io non posso scannare a una zoccola aristocratica?"

E se Ferdinando gli diceva di calmarsi, di considerare "la tattica politica", il vecchio scoppiava a ridere e gli batteva le mani.

"E bravo! 'O Presidente dice che 'o figlio adda eredità 'a repubblica, e io avessa fà 'a tattica? Ma io mi sposo pure col rito mussulmano, 'e capito? E me ne sposo cinque, dieci, cento! Mi faccio un arèm che non finisce più! E secondo te 'o Presidente fosse cchiù capace 'e Negromonte?"

Io volevo dormire, solo dormire. Mi capitava di appisolarmi dovunque, preso da un torpore che mi inchiodava le gambe e mi faceva sembrare pesantissima la testa. Di notte non sentivo più le voci, ma il sonno che mi impiombava per ore mi lasciava stanco come se avessi vegliato invece di dormire. I sogni non li ricordavo, ma sapevo che in essi compariva Andrea, qualcuno sussurrava che non si deve rispondere al male con il male, e io commettevo qualcosa di vile, un'azione vergognosa che mi accompagnava per tutta la giornata. Mi sembrava di stare disimparando a parlare, e a volte dicevo delle frasi a alta voce per essere sicuro di avere ancora una lingua. Ma mi uscivano fioche, incomprensibili a me stesso, e la mia voce mi disgustava. Quale insetto friniva in essa? Ogni tanto mi prendeva la voglia di pregare, ma era tardi per le preghiere, troppo tardi. Avevo ripetuto tante volte la parola "Nadja", che quel nome era diventato un'abitudine, come un respiro o un gesto. E una sera scoprii sul cellulare il primo di una serie di brevissimi messaggi firmati da lei, e lo lessi finché quelle parole non significarono più niente. Ma ogni volta che provavo a chiamarla, non ci riuscivo. Che cosa voleva dire che bisognava tenersi pronti? Pronti a che cosa? Non lo capivo, capivo solo che Nadja era ancora viva, e mi bastava.

Ferdinando era venuto a sapere che sulla parete della stanza dove era stato deposto il corpo di Andrea e dove Miranda andava tutti i giorni a pregare per ore, era comparsa una scritta gigantesca incisa così in profondità nel muro che non erano riusciti a coprirla né con la pittura né raschiando via l'intonaco. Ferdinando girava per il salone urlando.

"Dentro la mia casa! 'E capito? Si piglio a chi 'a scritto Scardanelli 'ncoppa 'o muro, 'o faccio a piezze! Scardanelli è muorto, Scardanelli nun esiste!"

Era stato lo scemo coi capelli rossi, era stato sicuramente l'autista, lui ne era sicuro. E era inutile che il Calebbano veniva a dirgli che era solo una scritta senza senso e che se ne doveva fregare.

"Ma comme, che cosa me ne importa? Vengono fino a dinto 'a casa mia, e tu dici che cosa te ne importa? Questo è uno sfregio a me, hai capito? Ah, nun se cancella? E allora vuttate 'o muro 'nterra! Niente ma!"

E se non bastava abbattere il muro, buttassero pure giù tutto l'edificio.

"Non me ne fotte un cazzo del monumento storico! Ce la costruiamo nuova, la parete d' 'o Setteciento, e pure cchiù bella! Giù, giù, tutto giù! O l'aggia fà io?"

Solo quando il capomastro tornò a dirgli che il muro era stato abbattuto, Ferdinando sembrò calmarsi e seguì il Calebbano, dopo aver minacciato ancora che prima o poi lui a quel traditore coi capelli rossi lo impiccava e lo dava ai cani, sì, proprio come i patrioti del cazzo nel 1799!

"Non si devono permettere! Nisciuno s'adda permettere!"

E ancora bestemmiando contro Ciro salì nel pulmino, tirò fuori il nuovo autista dal posto di guida mandandolo a sbattere sulla ghiaia, e si sedette al suo posto.

"Guido io! Tu nun sai fà niente!"

L'appuntamento per le ultime decisioni sul Carnevale era a Palazzo Reale, e quando arrivammo ci stavano aspettando già da due ore.

La Sala del Trono era stata modificata secondo le direttive di Ferdinando, e al centro della stanza un grande tavolo rotondo di marmo nero con le gambe a forma di sfinge occupava quasi per intero lo spazio. Nelle cornici dove prima c'erano i ritratti dei Borbone, scintillavano ora le litografie tridimensionali della famiglia Negromonte. Ai capi estremi del tavolo c'erano due troni perfettamente uguali, dorati e con l'aquila sulla spalliera, dove si sedettero Calebbano e Ferdinando. Mi accorsi che anche a Palazzo Reale il caldo era soffocante, e penetrava la suola delle scarpe. Ferdinando spiegò che Amalia e Marcello erano andati in Sicilia per incontrare il Presidente e allargare il progetto a tutto il Sud, e chiese se fosse tutto a posto.

"Allora, siamo pronti? Vitto', tu che ci dici?"

Stretto in un blazer con i bottoni dorati, l'uomo che Ferdinando aveva chiamato Vittorio si agitava sulla sedia e gesticolava con la mano sinistra come se avesse dovuto scacciarsi una mosca dal viso. Si aggiustò sul naso gli occhialetti dorati, e si passò la mano sulla testa quasi calva da dove pendevano di lato pochi capelli che un tempo dovevano essere stati biondi.

"È pronto, è tutto pronto..."

L'uomo si agitò ancora nervosamente e poi saltò in piedi. Aveva una pancetta rotonda che gli cingeva il corpo ossuto come quelle dei magri quando invecchiano, e urtò goffamente il tavolo.

"Gli artisti non vogliono capire che si deve guardare lontano, sono una massa di incompetenti! Ho proposto ai registi..."

"Vitto', assiéttete e nun accumincià! A noi è chiaro, il progetto, e gli artisti non contano. Precetto', come dice il filosofo? L'uomo superiore ha bisogno di nuove feste..."

"Non è esatto! 'Contro l'arte delle opere d'arte, voglio insegnare un'arte superiore, quella dell'invenzione di feste!' È così che dice Zarathustra..."

"Si è capito, Vitto', si è capito! Mo' però facce sentì 'o programma."

Lo Sciacallo allora dispiegò sul tavolo una carta e disse che quelle che cominciavano stasera erano le prove per il teatro perpetuo. La città traboccava di turisti fino a scoppiare, la Edotravel aveva lavorato benissimo e c'era un'enorme attesa per il Carnevale. Nelle piazze principali la gente avrebbe rappresentato la storia della città come se stesse accadendo oggi, e la realtà e il sogno sarebbero diventati un solo grande spettacolo.

"Bravo accussì, Sciaca'! Un teatro, 'a vita adda diventà nu spettacolo! Hai sentito, Cardano? Non lo dicevi sempre tu?"

Ma Cardano aveva stampato in faccia un sorriso ironico, e non aprì bocca.

"Precetto', come dice il filosofo?"

"Tutta la società si presenta come un'immensa accumulazione di spettacoli..."

"Esatto, esatto! È stato il Presidente che ci ha aperto la mente. Si può dire tutto, perché il pensiero non conta niente, è giusto. Leggi, precetto', leggi ancora."

"Tutto ciò che un tempo era vissuto direttamente si è allontanato in una rappresentazione..."

In quel momento il cellulare di Ferdinando fece squillare le note dell'*Inno alla gioia*.

"E chi è, mo'? Armida, amore, sto lavorando... Come, fa freddo? Salomé si è presa la stanza del belvedere dove dormiva Maria Cristina 'e Sassonia? ... Sì, ma a te ti ho dato l'alcova della regina Amalia, nun si' cuntenta?"

Si sentì la voce stridula di Armida protestare che nell'altra stanza c'era più sole e che lei non voleva essere umiliata da una mocciosa coi brufoli.

"Ma io ti faccio venire il mare sotto alla finestra! Ti faccio il progetto di Niccolini, hanno già scassato a via Acton, è quasi finito... Ti piace di più la Certosa di San Martino? Là ci sta più sole? E io t'accatto 'a Certosa 'e San Martino, Armi'! Mo' però famme faticà... "

Ferdinando spense il cellulare e corrugò la fronte, come afferrato da un dubbio. Ma se poi nel Carnevale la gente si scatenava sul serio, non c'era il pericolo che per sbaglio facessero una rivoluzione? Sì, recitavano tutti la storia di Masaniello, e poi? A quelli all'improvviso gli poteva venire in testa di non recitare più e di fare veramente la loro "cazzo di rivolta di pezzenti", e allora che succedeva?

L'uomo col blazer sbatté la mano sul tavolo, e gridò che Ferdinando non aveva capito niente. Ma che stava dicendo? La gente accumulava sempre una rabbia latente contro chi la governava, e quella rabbia aveva bisogno di sfogarsi, ma attraverso i simboli. Tutti dovevano credere di essere liberi e attori della propria vita, solo così li si teneva in pugno.

"È giusto, Vittorio ha ragione." Il Calebbano annuì. "Devono credere che tutto sia permesso, che possono avere qualsiasi cosa. E noi gli diremo che tutti i desideri sono leciti, che tutto quello che bramano si può realizzare."

"Siete immorali, ma senza grandezza. Siete solo dei miserabili da quattro soldi."

Cardano aveva parlato lentamente, sempre con il suo sorriso deforme stampato sulla faccia. Risuonò di nuovo *L'inno alla gioia*, sottolineato da una bestemmia di Ferdinando.

"Senti ancora freddo, Armi'? Ma si ce stanno 'e termosifone sotto 'o pavimento! Entrano gli spifferi? E domani ci faccio mettere l'alluminio anodizzato... Come, non resisti? E miéttete 'a pelliccia, Armi'! La pelliccia di leopardo è fuori moda? E domani te ne compro un'altra! Armi', domani t'accatto tutto 'o negozio, va bbuo'?... Sì amore, sì, lo so che sei incinta di un maschio, sì, ora fammi lavorare..."

Il Calebbano stava spiegando che era importante far capire che si apriva "l'era della felicità", e che c'era posto per tutti, anche per gli oppositori.

"Ma comme! Pure p' 'e comuniste? E pure pe' 'sti studiente d' 'o cazzo?"

Certo, perché ci doveva essere una parte per tutti, nello spettacolo permanente. L'unica cosa importante era che ogni idiota credesse di poter essere protagonista, e se proprio qualche fesso voleva opporsi sul serio, allora a lui si sarebbe provveduto senza esitazioni.

"Come dice Zarathustra! Spezzate i buoni e i giusti, spezzate i buoni e i giusti!"

"E furnìscela cu 'stu Zaratustro, Vitto'! Facce sentì a Calebbano!"

Quello dei resistenti non era un problema, l'importante era propagandare la fede, la fede nel futuro. Era con quella che avevano vinto, ed era con quella che bisognava continuare, perché il progresso non poteva essere fermato. Ma mentre il Calebbano stava per continuare, si aprì la porta della sala e apparve Armida. Aveva addosso una vestaglia rossa stretta in vita da una catena d'oro e ai piedi calzava delle babbucce da bagno, e da come la vestaglia le si modellava intorno sembrava completamente nuda. Ferdinando si alzò per andarle incontro, ma lei gli sibilò tutto d'un fiato che telefonava al fratello e se ne andava via da quella stamberga, perché Ferdinando non manteneva le sue promesse.

"Dove sta il latte di asina come nella storia di Poppea che mi ha letto il precettore? Mi hai fatto mancare il latte di asina per il bagno! E me lo avevi pure giurato!"

"Ma come? Io avevo incaricato 'o maggiordomo..."

Ma allora era ottuso? O fingeva di non capire? Quelli i maggiordomi meridionali erano una massa di incapaci, e dovevano essere frustati a sangue. Era una questione genetica, non c'erano altre spiegazioni.

"Quelli non vogliono lavorare perché sono i soliti napoletani! E io come me lo faccio il mio bagno, eh? Con il latte a lunga conservazione?"

Così non avrebbe più avuto la pelle "morbida come un petalo", e presto sarebbe invecchiata e decaduta. Era questo che voleva Ferdinando? No, la verità era che lui non la amava più, ormai ne aveva la conferma.

"Vedi qua? Vedi?" E aprendosi la vestaglia Armida si passò la mano sulla coscia fino all'inguine. "La sento già rugosa, la pelle! Ha perso elasticità..."

"Ma tieni le creme! T'aggia accattato n'autotreno 'e pumate! Mettiti quella alla placenta, 'a crema che mi sono fatto fare apposta per te 'o Messico."

"Non mi hai fatto avere il mio latte d'asina! L'hai fatto perché non mi ami più, per umiliarmi davanti a quella stronzetta! Ma io lo dico a mio fratello, cafone! Io faccio intervenire il Presidente, che ti credi?"

Ferdinando si voltò verso la sala borbottando che la riunione era finita, perché lui aveva da fare. Armida frignava, asciugandosi le lacrime con un lembo della vestaglia. Uscendo dalla sala sentii Ferdinando dirle che ora faceva arrivare un convoglio di asine direttamente dalla montagna, e poi le regalava anche il San Carlo. Certo, era una promessa fatta, il teatro tutto per lei. Gli cambiavano il nome e lo chiamavano "Teatro Sant'Armida", così dentro ci poteva fare quello che le piaceva. E come no, pure cantare le canzoni di Celine

Dion! Era contenta, ora? Non lo voleva dare un bacio al suo Ferdinando?

Io e Cardano ci avviammo per un corridoio guidati da un cameriere in livrea che ci indicò una scala e tornò indietro. Cardano mi seguiva lento, respirando affannosamente, e sembrava che ormai quel sorriso fisso come una maschera gli fosse penetrato nella carne. Sulle scale mi abbassai per allacciarmi una scarpa e vidi una scritta incisa con un temperino sul muro: NELLA SERA DELLA VOSTRA VITA SARETE GIUDICATI SULL'AMORE. CON UMILTÀ, SCARDANELLI. Ma quelle parole mi sembrarono incomprensibili, riuscivo a capire solo che mio fratello era al servizio dei Negromonte, e che per lui e mia madre ero stato solo un buffone. Mi portai una mano intorno alla gola perché mi sembrava di soffocare, i muscoli della faccia si contrassero indolenziti, e senza riflettere chiesi a Cardano qualcosa che mi aiutasse a dormire almeno per qualche ora. Lui senza smettere la sua smorfia sorridente, cavò silenzioso di tasca la scatolina con le pasticche, me ne diede una e si allontanò picchiando goffamente sul pavimento col suo passo pesante.

Dovevo essermi distratto un momento e avevo perso di vista Cardano, allora ridiscesi le scale infilandomi in un corridoio che non mi ricordavo più di aver percorso, e all'altezza di una statua che faceva angolo mi comparve davanti silenziosa Salomé. Era vestita con una tunica d'oro stretta fino al collo che sembrava pesantissima, e dalla quale spuntavano larghi pantaloni all'orientale. Nel semibuio la sua faccia splendette per un momento, lasciandomi senza fiato. Era completamente decorata in oro fino alla fronte, aveva le ciglia e gli occhi truccati come una maschera cinese e i capelli tirati all'indietro scintillavano di lamine e gioielli a forma di serpente.

Tornai indietro di corsa, risalii le scale e spinsi la prima porta che trovai. Su un letto giaceva Cardano completamente vestito, con le mani incrociate sul petto come un morto, e mi buttai pesantemente sull'altro. Nella sera della vostra vita sarete giudicati sull'amore! Se era così, allora per me non esisteva nessuna speranza. A un tratto vidi Nadja che si sollevava la maglietta sulla massa nera dei capelli e scopriva in un sorriso tranquillo i seni piccoli, poi la stanza e Nadja si fusero in una sola grande ombra, avrei voluto gridare a Cardano che dovevamo fuggire, fuggire subito, ma mi sentii la lingua intorpidita e vidi solo il buio.

La voce risuonò morbida ma decisa.

"Svegliati! Forza, non c'è tempo, alzati..."

Nadja mi scuoteva e cercava di farmi alzare. Mi resi conto che sentivo in sottofondo un fragore, come di mare agitato. Balzai dal letto barcollando, e Nadja mi tirò addosso un vestito.

"Dobbiamo andarcene, non c'è un minuto da perdere. Fai presto, infilati questo!"

Era un costume, e solo allora mi accorsi che Nadja era vestita come il gentiluomo in nero di un ritratto di Raffaello. Mentre mi infilavo meccanicamente le brache di quello che mi sembrò il costume del Matto dei Tarocchi, lei spiegò che il Carnevale era cominciato, e travestirsi era l'unico modo per passare inosservati in mezzo alla folla. Ma come, perché dovevamo andarcene! Non avevo letto i suoi messaggi? I Negromonte avevano deciso di approfittare del Carnevale per arrestare o far sparire chi non era ancora passato dalla loro parte, e tutti quelli sospettati di aver frequentato Scardanelli. Io forse me la sarei cavata perché i Negromonte avevano rapporti di affari con la mia famiglia, ma se non accettavo di piegarmi, allora avrei fatto la stessa fine degli altri. Cardano invece poteva considerarsi già morto, perché sua moglie voleva sbarazzarsi di lui per sempre. Ma perché eravamo così lenti? Fuori era già tutto intasato, dovevamo sbrigarci. E Cardano che aspettava, ancora sdraiato sul letto come un cadavere?

"Muoviti, non c'è più tempo."

"E perché mi devo muovere?" La voce di Cardano risuonò cupa. "Per andare dove? Io sono un traditore, Nadja, io ho tradito tutta la mia vita."

"Vaffanculo, idiota! Non vorrai mica morire facendo il pagliaccio dei Negromonte! Tu non sei come loro. Che ci resti a fare, qui?"

Cardano la fissò stringendo gli occhi come per metterla a fuoco, poi fece un gesto incomprensibile. Nadja si avvicinò al letto e cominciò a tirarlo per le spalle, riuscendo a farlo sedere. E adesso che stava facendo? Era finito il tempo dell'eleganza, ora dovevamo solo andarcene! Ma Cardano si era messo davanti allo specchio della toilette, e sembrava non darle ascolto. Si mise lentamente una camicia pulita, finì di annodarsi il fiocco di una cravatta di seta nera e indossò quella che pareva una redingote, elegantissima ma sformata dalla sua grassezza. Si passò sulla testa una gelatina che gli tinse i capelli di verde, e si rifiutò di mettersi la maschera come noi.

"La mia maschera è questa." Poi si passò il profumo di una boccetta sulle mani, sopra le quali infilò dei morbidi guanti color ametista con degli anelli di ferro alle dita. "Ecco, ora sono pronto."

Nel corridoio ci aspettava un gigante travestito da Mandrake, con i capelli rossi stopposi che gli sbucavano sotto il cilindro. Nadja gli sussurrò di andare avanti, e ci avviammo. Ma la strada che seguivamo era all'inverso di quella fatta la sera prima, e saliva di nuovo. Cardano si voltò verso di me porgendomi un pezzetto di stagnola e sussurrò che mi sarebbe servito. Mentre percorrevamo un corridoio che sembrava non finire più, Nadja disse che saremmo usciti per la stessa via che avevano percorso loro per entrare, un passaggio dimenticato che collegava Palazzo Reale al San Carlo e ci evitava le uscite principali.

Nella luce fioca del corridoio scartocciai la stagnola e ci trovai una piccola noce di pasta verde che odorava di muschio e di cannella, e con un gesto impulsivo la ingoiai. Il rumore di mare ora cresceva, ma erano urla e battimani, e Nadja mormorò che stava cominciando il discorso del Calebbano. Scendemmo per una scala nel frastuono che era diventato assordante, e ci trovammo dietro le quinte. Il teatro era stracolmo di maschere con i cappelli a tricorno e le parrucche farinose, di damine con le facce di gesso, di notai neri come becchini, di lazzaroni coperti di stracci e di pescivendole con le spaselle piene di alici. Sul palco reale un uomo truccato da Ferdinando di Borbone afferrò con la mano una matassa fumante di spaghetti da una zuppiera, e la innalzò al cielo.

"Magnàte, magnàte ch' 'e mmane! Comme fà 'o rre vuosto!"

La folla afferrava con le dita affondate nei piatti gli spaghetti grondanti di salsa e scandiva in coro: "Magnamme! Onore a Ferdinando! Magnamme ch' 'e mmane!". Quando uscimmo all'aperto il frastuono dei botti, dei triccheballacche e dei cori ci sommerse. Il discorso del Calebbano era ripetuto a volume altissimo da uno schermo gigante, accompagnato dall'eco smorzata ma incalzante della voce di Ferdinando. Seguivamo tutti Ciro, facendoci strada a fatica nella folla, e il discorso mi arrivava a brandelli.

"... La forma di governo che meglio si adatta a un popolo di artisti, è la totale assenza di governo..."

"Tutte padrune! Tutte padrune!"

"... Tutto quello che può essere fatto deve essere fatto, il mondo trabocca di miracoli, e noi gridiamo a voce alta il nostro sì alla vita..."

"Campà, campà! 'E fémmene, 'a rrobba, 'o denaro!"

Cardano disse qualcosa tra i denti, ma non capii. Nadja

stava chiedendo a Ciro se potevamo salire per via Toledo, ma quello scosse la testa e indicò i carri del Carnevale che scendevano in mezzo allo strepito dei clacson e delle trombe. I carri erano preceduti da una processione di ragazzine che reggevano enormi falli di plastica attaccati come ceri al ventre, seguite da ragazzi che portavano a spalla statue di Santi, di Addolorate e di Cristi completamente rivestite di banconote. Ciro indicò la Galleria Umberto, e ci buttammo dietro di lui inseguiti dalla voce del Calebbano.

"... Non c'è ragione di agitarsi, abbiamo bisogno di tutti, perché tutti possono essere utili..."

"Pure 'e scieme, servono! Pure 'e mariuole e l'assassine, facite ampressa, venite!"

"Ma chi perde ora l'occasione, la perde per sempre..."

"Pe' sempe, è fernuto pe' sempe, adda sulo murì!"

"... Chi pensa al suo avvenire è dei nostri, ognuno è il benvenuto, chi vuole fare l'artista si presenti..."

Nella galleria i disegni sul pavimento che sprofondavano e riaffioravano sotto i piedi della calca mi apparivano vivi e pronti a staccarsi da terra per mordermi, guardavo a terra per non vedere la faccia del Calebbano cercando di non perdere di vista il mantello di Mandrake, e avrei voluto tapparmi le orecchie per non sentire. Ma gli occhi invasi dalle losanghe del pavimento mi bruciavano dilatati, e la folla era così fitta che le braccia mi servivano per farmi largo.

"... Noi siamo il teatro che ha bisogno di tutti, ciascuno al suo posto, e ci congratuliamo fin d'ora con voi..."

Sugli schermi la faccia sorridente del Calebbano si alternava a quella del vecchio Negromonte ringiovanito di trent'anni, a passeggio con i nipoti vestiti da lord inglesi nel parco verdissimo di una villa, e a un tratto sentii soffocata ma comprensibile la voce di Ferdinando che protestava. "Mo' voglio cantà! Sì, come Nerone! E secondo te nun pozzo fà chello che voglio? Io sono un Negromonte!" Cercavo di convincermi che non era possibile, ma le parole del Calebbano che uscivano dagli altoparlanti erano quelle dei libri che avevo letto affascinato in biblioteca, e mi sentii strozzare da singulti di rabbia.

Sbucammo su piazza Municipio, dove ci si parò dinanzi una grande costruzione, circondata da un canale scavato in profondità nel selciato in cui guizzavano pesci vivi. I salici dei giardini pensili che spuntavano sulle terrazze erano fatti di caciocavallo e salami, nelle botteghe di un presepe a grandezza naturale brillavano i cocomeri spaccati con le viscere rosse aperte, e nelle pescherie i polpi strisciavano attorcigliandosi intorno ai pastori con le zampogne. Più in alto agnelli e capponi erano stati crocifissi vivi sugli usci delle case con i lumini rossi dentro, e si agitavano belando e starnazzando. In mezzo alle forme di parmigiano e ai prosciutti si levavano mucchi di televisori, automobili di lusso e collane di perle che quasi coprivano l'entrata di una grotta nella quale un bambino grasso e paffuto era adagiato su un tappeto di pellicce.

"Ma è la Cuccagna!" disse quasi gridando Cardano.

"Muoviamoci, fra poco comincia il saccheggio."

Sulla punta della costruzione c'era una piramide tronca, e in cima una statua bifronte con le facce del Calebbano e di Ferdinando. Guidati da Ciro, riuscimmo a passare in mezzo alla folla che si ammassava e si spintonava impaziente di gettarsi nel saccheggio della Cuccagna, e imboccammo via Medina.

"Non ce la faccio, so' troppo chiatto, non ce la faccio" disse a tratto Cardano, e si addossò a un muro. La folla che correva lo urtava, e lui sbatteva le palpebre.

"No, ce la fai! Tu vieni con noi, non ti possiamo lasciare qua. Avanti!" E Nadja lo staccò dal muro, quasi spingendolo. A un tratto si sentì un colpo di cannone, insieme a un ululato feroce che lo coprì. "È cominciato il saccheggio, via, via!" sibilò Nadja, ma la voce del Calebbano coprì la sua.

"...Vogliamo un paese dove tutti possano dare il meglio

di sé, dove tutti realizzino i propri desideri, dove per tutti sia possibile la speranza..."

Ora correvamo quasi, sudati sotto i costumi. A Monteoliveto prendemmo per Banchi Nuovi, e poi verso largo San Giovanni. Nello spiazzo c'era una piccola folla che aveva impiccato a una forca quello che da lontano mi sembrò un fantoccio. Era una donna, e ogni volta che le oscillazioni sollevavano la gonna scoprendole le cosce, si levava un applauso e un "ooolà!". Sul petto la donna aveva appeso un cartello che diceva ELEONORA FONSECA PIMENTEL È ZOCCOLA. Cardano si era immobilizzato a guardare i ragazzini che facevano a gara per spintonare il fantoccio e farlo dondolare, ma Ciro lo afferrò per le spalle e gli fece cenno che bisognava proseguire. Non riuscivo a vedere bene, ma per un attimo mi sembrò che la faccia deformata del pupazzo fosse quella di Bianca.

"... Noi non siamo né di destra, né di centro, né di sinistra. Noi siamo per la libertà, il benessere, la prosperità..."

E a un tratto, insieme alla voce del Calebbano, su un ritmo ripetitivo e lugubre, sfrenato e feroce, la voce roca di Ferdinando attaccò a cantare, seguita dai battimani della folla.

"E vualà, e vualà, càvece 'nculo 'a libbertà! Addò è ghiuta onn'Eleonora, c'abballava 'ncoppa 'o tiatro? Mo' abballa mmiezo a piazza Mercato!"

La musica oscena e ossessiva del *Canto dei Sanfedisti* che usciva dagli altoparlanti mi afferrò alle viscere, spingendomi a seguire il ritmo con la testa.

"A lu suono de la grancascia, viva viva lu popolo bascio!"

"... Ci hanno perseguitati, hanno scatenato contro di noi la loro falsa giustizia, ma noi diciamo: Siamo banditi? Siamo criminali? E allora beati i perseguitati per la giustizia, perché di loro è il regno..."

"Sòna sòna, sòna Carmagnola! Viva 'o rre cu la famiglia!"

La voce di Ferdinando aggrediva le parole scordata e sfiatata, ma senza arrendersi. Mi accostai a Nadja, e per farmi capire dovetti quasi gridare. "Che è successo a Palazzo Donn'Anna?" Senza fermarsi, lei fece una smorfia. "Andrea aveva ragione, l'inferno esiste, non si può aiutare nessuno." Salimmo per via Pignatelli, con Ciro che ogni tanto doveva trascinare Cardano tirandoselo dietro come un bambino. Mi sentivo afferrare da conati di nausea, e le figure intorno si allungavano e si deformavano come lingue di fiamme. Era ormai notte, ma le case mi apparivano illuminate a giorno, dilatate nello squillare dei colori nuovi.

"... Ci hanno chiamati borghesi, e allora? La borghesia ha avuto nella storia un compito rivoluzionario, e ha dimostrato cosa possa compiere l'attività dell'uomo. Essa ha creato ben altre meraviglie che le piramidi egiziane, gli acquedotti romani e le cattedrali gotiche..."

"Libberté, egalité, tu arruobbe a mme io arrobbo a tte! E vualà, e vualà, càvece 'nculo 'a libbertà!"

"... Noi siamo la vera rivoluzione di questo paese, noi siamo il sogno che diventa necessario..."

Le voci ci inseguivano fino nei vicoli, continue. Sulle soglie delle case rifatte, con i capitelli romani autentici e i mattoni rossi nuovi, le ragazzine e le madri vestite con le tuniche tenute strette dalle armille invitavano i passanti a entrare nella città della Sirena, e dovunque si sentiva ripetere "una casa è un'azienda", "ogni famiglia una fabbrica", "tutti padroni".

"... L'intuizione rivoluzionaria è vista come insensata e assurda, ma quando trionfa tutti dicono che era giusta. Ciò che sembrava razionale si rivela un freno al progresso, e le fantasie di quelli che erano chiamati sognatori diventano realtà..."

"E vualà, e vualà, càvece 'nculo 'a libbertà!"

"... Tutto ciò che appare è buono, e ciò che è buono appare. Siate voi stessi, non rinunciate a niente, il futuro è già qui..."

A un tratto mi accorsi che l'umidità ricopriva la base delle case, e che il selciato in alcuni punti era sprofondato. Anche Nadja lo aveva notato, e con il piede aveva sondato preoccupata uno degli avvallamenti. Ogni tanto nel tramestio della calca le finivo addosso, o ci sfioravamo le mani. Allora per un attimo non sentivo più né quella musica infame e suadente né le voci urlanti, e mi sembrava di riuscire a respirare liberamente. Cardano si fermava sempre più spesso, e ormai Ciro doveva sollevarlo di peso e sorreggerlo come se lo portasse in braccio. A tratti mi arrivava la sua voce, che ripeteva monotona: "L'impero familiare delle tenebre future, l'impero familiare delle tenebre future". Avrei voluto fermarmi anch'io perché la testa mi sbatteva, ma non avvertivo nessuna fatica. Un riflusso di folla mi spinse proprio addosso a Nadja, e la abbracciai alla vita. Lei mi strinse, poi si sciolse con un guizzo.

"Nadja, dove stiamo andando?"

"Da Scardanelli."

Ciro aveva perso il cilindro di Mandrake, e ora i suoi capelli rossi spiccavano come una ferita sul vestito scuro. Non mi importava dove stavamo andando, volevo sapere se Nadja mi amava, e balbettando glielo chiesi. Ma la voce del Calebbano coprì la sua risposta, e vidi solo gli occhi che scintillavano sotto la mascherina.

"... Noi non odiamo i nostri nemici, vogliamo amare tutti, e vogliamo che tutti condividano il nostro sogno. Bisogna amare ciò che il popolo ama e odiare ciò che il popolo odia. E voi mi amate perché siamo una grande famiglia..."

"Ciro, attento, ci sono i Pulcinella!"

I Pulcinella giravano in gruppi di cinque o sei, con i bastoni in mano e le trombette, e nessuno gli badava. Erano le guardie speciali dei Negromonte che giravano travestite, avevano le foto segnaletiche di Ciro e di Nadja, e bisognava stare attenti a non insospettirli. Sbucammo in quella che doveva essere piazza San Gaetano, ma la piazza non esisteva più. Il tempio dei Dioscuri si stagliava alla nostra destra con il frontone di plastica, e a terra il cemento imitava il lastricato romano. Stavano mimando la *Morte di Masaniello*, e quando la testa rotolò dal palco tutte le mani si allungarono per cercare di afferrarla, le donne si spintonarono per sputargli in faccia e tra gli urrà un bambino che era riuscito a prenderla per i capelli la lanciò per aria con un calcio.

"... Noi vogliamo offrire spazio a chiunque ha voglia di costruire con fede il proprio futuro, non vogliamo dividere, ma unire. Basta con l'invidia sociale, l'odio di classe, la mancanza di libertà..."

"Libberté, egalité, tu arruobbe a mme io arrobbo a tte!"

"... Noi crediamo nella famiglia, nella dedizione, nella tolleranza. Se una famiglia è caritatevole, noi sappiamo che nella società fiorisce la carità, e una famiglia ordinata vuol dire una società ordinata..."

Una ragazza giovanissima con una lunga treccia si era fermata davanti a uno schermo e fissava come ipnotizzata la faccia sorridente che parlava. A un tratto si mise a gridare, ma la voce amplificata del Calebbano copriva la sua, e arrivavano solo frasi spezzate.

"Non è vero! Non è vero niente!"

"... Hanno detto che noi stiamo soffocando la civiltà, e le opere che stanno trasformando questo paese in un paradiso lo distruggeranno. Ebbene? Se anche fosse, noi lo ricostruiremo, e più bello di prima..."

"Non voglio vivere nel vostro mondo! Voi mentite, ci avete promesso la libertà, ma siamo liberi solo di battervi le mani!" La ragazza era in lacrime, e le parole le uscivano tra i singhiozzi.

"... Le crisi non ci fanno paura, noi le superiamo preparando crisi più generali, più vaste. Noi realizziamo i vostri sogni..."

"Non è vero, voi mentite! Mio Dio, perché nessuno se ne accorge, perché?"

"... Perché i vostri desideri sono sacri, e solo il superfluo è necessario..."

"Viva Tata maccarone, ca rispetta 'a religgione! A lu suono d' 'e campane, viva viva li populane!"

Nadja disse qualcosa a Ciro, ma lui fece un gesto come per spiegare che la ragazza era troppo lontana. Dalla folla cominciarono a levarsi urla feroci. "A 'sta troia chi 'a fa parlà? Accire a 'sta comunista d' 'o cazzo! Viene ccà, putta', te la do io la libbertà!" Un riflusso della calca ci schiacciò al muro, e quando riuscimmo a guardare di nuovo, la ragazza penzolava impiccata al frontone del tempio. Ciro ruggì e cominciò a buttarsi in mezzo alla massa di corpi, ma Nadja lo inseguì dicendogli qualcosa che non capii e ritornarono indietro insieme.

"Addó è gghiuta 'onna Leonora ch'abballava 'ncoppa 'o tiatro? Mo' abballa cu 'e vruóccole 'e rape, nun 'a pututo abballà cchiù!"

"... Ormai la politica è finita, la storia finalmente è tramontata. Abbiamo detto addio al mondo della violenza, non dovrete temere più nulla, perché è cominciato il millennio felice dell'individuo..."

"È furnuta l'uguaglianza, è furnuta 'a libbertà! Pe' vuje so' dulure 'e panza! E vualà, e vualà, càvece 'nculo 'a tutte quante!"

Eravamo usciti dalla piazza quando dopo pochi passi Nadja ci spinse in un basso portoncino sulla destra, e entrammo in un cortile semicircolare che sembrava la quinta di un teatro. Nadja si guardò intorno preoccupata, e consultò l'orologio. Scardanelli doveva essere lì già da tempo, cos'era successo? Fece il giro del cortile mentre noi battevamo i piedi a terra per riscaldarci e si fermò vicino a un busto in alto su una scalinata, staccò dal piedistallo un pezzetto di carta, lo lesse e poi lo strappò infuriata. Con la faccia tirata disse che Scardanelli non veniva più, dovevamo andare da soli. Un motoscafo di contrabbandieri ci aspettava in mare, ma per arrivarci dovevamo passare per le Catacombe di Capodimonte attraverso un passaggio sotterraneo che partiva dal palazzo. Ma alle parole "passaggio sotterraneo" Ciro aveva mandato fuori un mugolìo animalesco, scuotendo violentemente la testa in segno di diniego. Allora Nadja sferrò un calcio nel muro, rabbiosa.

"Non ce la faremo mai, i vicoli sono pieni di guardie. Vaffanculo a tutto, è finita."

Ciro la prese risolutamente per la spalla e la spinse verso il portoncino facendoci cenno di seguirlo, e tornammo di nuovo in strada. Un drappello di Pulcinella era comparso a pochi metri da noi, e Ciro cambiò svelto direzione allungando il passo. Ma quelli dovevano essersi accorti di qualcosa, e ci vennero dietro.

"... Il miracolo è qui, possiamo realizzarlo insieme. Io vedo una nuova terra e un nuovo cielo, e la vita che ci aspetta non conoscerà il dolore..."

"Viva Tata maccarone, ca rispetta 'a religgione! A lu suono de la grancascia, viva viva lu popolo bascio!"

Nello slargo che dava su piazzetta dei Giganti, Ciro ci spinse sul fondo e si appostò dietro l'angolo. Quando i Pulcinella svoltarono di corsa afferrò i primi due per il collo sbattendoli sul muro, mentre Nadja gridava "Non li ammazzare, non li ammazzare!". Disarmò il terzo e lo colpì alla tempia, poi inseguì l'altro gettandolo a terra mentre quello gridava aiuto e gli strinse le mani intorno alla gola.

"... E la morte non esisterà più. Né lutto, né grida, né sofferenza esisteranno più. Perché le cose di prima sono scomparse...."

"È furnuta l'uguaglianza! È furnuta 'a libbertà! E vualà, e vualà!"

Rapidamente Ciro spogliò i corpi e ci gettò i loro vestiti. Li infilammo addosso a quelli che avevamo, mentre su uno schermo piazzato di fronte a noi il Calebbano prendeva per mano Salomé e la presentava al pubblico.

"... Ecco mia moglie, l'amore è il fondamento della famiglia, io sono come voi e voi siete come me..."

Cardano si rifiutò di infilarsi il costume di Pulcinella e la maschera con il grande naso nero, allora Nadja disse che lo avremmo portato in mezzo a noi fingendo che fosse un prigioniero, e ci avviammo di nuovo. Solo ora mi resi conto che l'umidità era dovunque, e sulle facciate delle case si aprivano come ferite larghe crepe verticali a cui nessuno pareva fare caso. "Nadja, che sta succedendo?" "Scardanelli lo aveva previsto, i lavori stanno dissestando il sottosuolo, muoviamoci." Eravamo stanchi, e persino Ciro che ormai si doveva portare Cardano sostenendolo a braccia, avanzava a piccoli passi. La strada era irriconoscibile, e poco distante si stagliava la mole illuminata del teatro romano. Porta San Gennaro non esisteva più, ma proprio all'angolo c'era un camioncino scoperto carico di cavoli e broccoli. Ciro spaccò il vetro del finestrino con un pugno, armeggiò al posto di guida con un cacciavite e ci fece cenno di salire. La voce di Ferdinando arrivò ancora, ormai quasi irriconoscibile, legnosa ma trionfante.

"È furnuta l'uguaglianza, è furnuta 'a libbertà, pe' vuje so' dulure 'e panza! A lu suono de la grancascia, viva viva lu popolo bascio..."

Poi la musica si fermò di colpo, e in lontananza si sentì di nuovo la voce di Ferdinando.

"...Vengo, Armi', vengo. Che vuoi? La corona di Carlomagno? Ma quella se l'è presa il Presidente! Nun chiàgnere, Armi', domani Ferdinando t'accatta 'a curona d' 'a riggina Elisabetta..."

Ciro partì facendo sobbalzare il camioncino. Grondava sudore da sotto il naso nero, e i capelli erano bagnati. Cardano era disfatto, pallidissimo, e provò inutilmente a rifarsi con le dita tremanti la cravatta che si era sciolta. Ciro si era fasciato la mano con un pezzo di costume e sembrava l'unico a sapere dove eravamo diretti. Forse a causa della mancanza di spazio, Nadja si era appoggiata al mio petto di traverso, e a ogni sobbalzo sentivo i seni morbidi che mi premevano le costole.

Il camioncino salì per i Miracoli, poi per stradine sempre più deserte, più buie. La città sembrava invasa dalle fiamme, esplosioni sorde e un cupo brontolio arrivavano fino a noi, e in direzione del mare si levava una nuvola di fumo che copriva i fuochi d'artificio. Nadja spiegò che eravamo diretti a Cuma, ma avremmo fatto un giro più lungo per cercare di evitare i controlli. A un tratto l'eccitazione che mi aveva sorretto se ne era andata, o forse era il corpo caldo di Nadja che taceva appoggiata a me che mi calmava. Cardano fissava il buio intorno come se in quelle tenebre avesse dovuto vedere chissà cosa, e guardando la sua faccia stanca su cui vagava ancora un sorriso imbalsamato, caddi nel dormiveglia.

La voce dalla radio si distorceva e a tratti scompariva in uno sfrigolare da cortocircuito.

"...Una rosa è una rosa, il pane è il pane, la verità è la verità..."

"Ma è Scardanelli" disse Nadja accostandosi alla radio.

"... Non lasciamoci ingannare, non ubriachiamoci di follia, la vera vita non è questa..."

Il volume andava e veniva, e inutilmente Nadja cercava di regolarlo.

"... Non credete alle loro menzogne, le parole non sono un guanto che si può rovesciare a piacere, non vi arrendete... Non c'è bisogno di speranza, ma voi conservate fino alla fine il ricordo di bellezza e verità..."

La voce si interruppe del tutto, Nadja sbatté la radiolina sul pavimento e si prese la faccia tra le mani. Nessuno parlava, Ciro aveva aumentato la velocità ma a un tratto Nadja lo afferrò per una manica indicando in fondo alla strada.

"Frena, Ciro, frena! Torna indietro, in fondo ci sono gli agenti!"

Con una sterzata in corsa che quasi rovesciò il furgoncino, Ciro si infilò in uno sterrato che percorse per qualche chilometro finché di colpo il viottolo si interruppe. Di là potevamo solo tornare indietro o andare verso l'antro della Sibilla. No, da quella parte era impossibile, disse Nadja. C'era una festa dedicata al *Satyricon* che sarebbe durata tutta la notte, con una Sibilla che dava profezie a pagamento e sicuramente una quantità di agenti a controllare. Scendemmo dal furgoncino e ci togliemmo di nuovo i vestiti da Pulcinella, mentre Cardano biascicava qualcosa. Nadja ci avvertì che dovevamo cercare di arrivare a piedi al depuratore, passando per un sentiero che conosceva Ciro, e sperare solo che il motoscafo dei contrabbandieri ci stesse ancora aspettando.

Cominciammo a salire in mezzo ai cespugli che scricchiolavano e si rompevano a ogni passo in secchi schianti che mi afferravano allo stomaco, con Ciro che ogni tanto tornava indietro per sorreggere e trascinare Cardano. La salita sembrava non finire mai, e procedevamo in un buio così fitto che per non perderci stavamo attaccati l'uno all'altro.

"Siamo quasi arrivati in cima, di là c'è il mare. Forse ce la facciamo. Ma che fai?"

Nadja si era rivolta a Cardano, che a un tratto si era buttato a terra, o forse era inciampato.

"Ma qua' mare? 'A fogna, ce sta! Io non voglio morire dentro una fogna. Io non vengo, è inutile."

"Siamo vicini, vieni! Ci inseguono..."

Nadja fece cenno a Ciro di aiutarlo, ma Cardano levò in un gesto imperioso una mano rivolta in alto.

"Lassa perdere, Ciro. Ma che ci devono inseguire? Tu si' fissata, Nadja. E perché dovrebbero perdere tempo appresso a noi? I morti non danno fastidio, e io sono morto troppo tempo fa. Non ho niente, hanno ucciso tutto quello che amavo, mi hanno tagliato la lingua in bocca. Non ho più niente, dove devo andare? No, io resto qua."

E Cardano mostrò le palme delle mani aperte come per far vedere che erano vuote. Si era seduto a terra, con la schiena appoggiata a un masso, e respirava con un rantolo nella gola.

"Vieni, andiamo via di qua!"

"E dove? Dovunque sia ma fuori da questo mondo, sì?"

Cardano tossì, poi riprese.

"Basta con la speranza, non c'è più niente, fuori di qui. C'è solo questo..." E accennò a un gesto circolare, ma il braccio gli ricadde pesantemente sul corpo. "... Lassàteme ccà. Sto bbuono, sto bbuono..."

Nadja si inginocchiò davanti a lui, e gli accarezzò la faccia. La tintura dei capelli gli era colata sulle guance e si era seccata, e Cardano le allontanò delicatamente la mano.

"Nun chiàgnere, Nadja, nun chiàgnere. Fai una cosa, io nun c' 'a faccio, aiutami..."

Gli avrebbe rifatto il nodo alla cravatta, prima di andare? Era importante, per favore. Con le dita tremanti Nadja gli rifece il nodo, lo sistemò nella posizione che Cardano le aveva indicato e si alzò di scatto. Cardano aveva chiuso gli occhi, e sembrava assopito. Nadja ci raggiunse e riprendemmo a salire, quando a un tratto la voce di Cardano risuonò di nuovo, roca e profonda.

"Cirooo! Addó l' 'e miso 'o guaglione? Quello non risorge, nessuno mai è risorto, e non saremo trasformati dall'amore! Cirooo! Quelli che hanno fame e sete di giustizia non saranno saziati, nun è mai stato overo! Cirooo..."

La voce si ruppe, soffocata. Mi voltai ma non lo vidi più, il buio lo aveva ingoiato. Ma nel respirare affannoso che mi martellava le tempie, arrivò ancora una volta la voce di Cardano, lontanissima.

"Cirooo! Ci voglio credere, ci voglio credere! Ma Andrea deve risorgere adesso, davanti a me, non voglio aspettare! Il regno dei cieli non mi serve, devono risorgere tutti ora, nel loro corpo glorioso! Cirooo! Addó l' 'e miso 'o guaglione?"

Stiamo salendo, e sento l'odore del mare. Le parole a brandelli di Cardano ci inseguono come un lamento, si confondono ai soffi del vento che si è levato rabbioso. Perché ci dovrebbero inseguire? Forse siamo davvero morti, e niente ci salverà. Devo tenere gli occhi protetti dalla mano per non farci entrare la polvere, se guardo nel buio scorgo davanti a me le scapole da uccello di Nadja, e ancora più avanti quelle possenti di Ciro intorno a cui si attorce e sbatte il mantello quando lui si volta per vedere se siamo rimasti indietro. Perché io, Nadja? Uno qualunque per strada sarebbe stato lo stesso, perché io? Ma forse di là dalla cima, sul mare, ci saranno tutti, Andrea, Miranda, Nina, Cardano, Bianca, la ragazza con la treccia, e ci sarà anche Jeanne Duval, con i suoi occhi come laghi e il pelo di velluto scintillante sotto le carezze, e al suo fianco scivoleranno placide le tartarughe.

Mi sento le gambe pesanti, le figure davanti a me avanzano lentissime, si allungano smisurate, Nadja guarda l'orologio accostando il quadrante al viso come un lumino nella notte. I contrabbandieri saranno andati via, e non ci aspetta nessuno. Nadja! Nadja! Nadja! Voglio che ci salviamo tutti, non uno solo, ma tutti! Hai capito? Mi senti? Ma lei non si volta, e se provo a aprire ancora la bocca, la polvere me la riempie. Il vento è così forte che per riuscire a reggermi devo camminare piegato, ora la voce di Cardano è svanita, siamo a un passo dalla cima, di là scenderemo alla spiaggia, verso il mare.

Le grida sono sempre più vicine, forse è già il rumore del mare, non c'è nessun motoscafo pronto a partire, sono tutti morti. Mi sollevo il colletto per cercare di non sentire più e salgo, un passo dietro l'altro, attento a non scivolare. Il mattino dovrebbe essere vicino, ma il buio sembra ancora più fitto, e il freddo mi arriva fino a dentro le ossa. Quelli davanti hanno allungato il passo, in queste tenebre non vedo più niente. Dove andiamo? L'odore delle alghe mi assale le narici, la speranza non serve, devo solo mettere un piede dopo l'altro e camminare. Il vento mi soffoca, arrivano le voci assordanti dei vivi e dei morti, e di là c'è il mare. Saremo giudicati sull'amore? Così sia, così sia, così sia.

Stampa Grafica Sipiel
Milano, aprile 2003

0   41758502
S   00013379
DI QUESTA VITA
MENZOGNERA
1^ED APR.2003
G MONTESANO

FELTRINELLI
EDITORE - MI